故事HOME 1

小熊森林

編輯序

當孩子不愛讀書……

◎慈濟傳播文化志業出版部

親師座談會上，一位媽媽感嘆說：「我的孩子其實很聰明，就是不愛讀書，不知道該怎麼辦才好？」另一位媽媽立刻附和，「就是呀！明明玩遊戲時生龍活虎，一叫他讀書就兩眼無神，迷迷糊糊。」

「孩子不愛讀書」，似乎成爲許多爲人父母者心裡的痛，尤其看到孩子的學業成績落入末段班時，父母更是心急如焚，亟盼速速求得

「能讓孩子愛讀書」的錦囊。

當然，讀書不只是爲了狹隘的學業成績；而是因爲，小朋友若是喜歡閱讀，可以從書本中接觸到更廣闊及多姿多采的世界。

問題是：家長該如何讓小朋友喜歡閱讀呢？

專家告訴我們：孩子最早的學習場所是「家庭」。家庭成員的一言一行，尤其是父母的觀念、態度和作爲，就是孩子學習的典範，深深影響孩子的習慣和人格。

因此，當父母抱怨孩子不愛讀書時，是否想過——

「我愛讀書、常讀書嗎？」

「我的家庭有良好的讀書氣氛嗎？」

「我常陪孩子讀書、爲孩子講故事嗎？」

雖然讀書是孩子自己的事，但是，要培養孩子的閱讀習慣，並不是將書丟給孩子就行。書沒有界限，大人首先要做好榜樣，陪伴孩子讀書，營造良好的讀書氛圍；而且必須先從他最喜歡的書開始閱讀，才能激發孩子的讀書興趣。

根據研究，最受小朋友喜愛的書，就是「故事書」。而且，孩子需要聽過一千個故事後，才能學會自己看書；換句話說，孩子在上學後才開始閱讀便已嫌遲。

美國前總統柯林頓和夫人希拉蕊，每天在孩子睡覺前，一定會輪流摟著孩子，爲孩子讀故事，享受親子一起讀書的樂趣。他們說，他們從小就聽父母說故事、讀故事，那些故事不但有趣，而且很有意義；所以，他們從故事裡得到許多啓發。

希拉蕊更進而發起一項全國性的運動，呼籲全美的小兒科醫生，在給兒童的處方中，建議父母「每天爲孩子讀故事」。

爲了孩子能夠健康、快樂成長，世界上許多國家領袖，也都熱中於「爲孩子說故事」。

其實，自有人類語言產生後，就有「故事」流傳，述說著人類的經驗和歷史。

故事反映生活，提供無限的思考空間；對於生活經驗有限的小朋友而言，通過故事可以豐富他們的生活體驗。一則一則故事的累積就是生活智慧的累積，可以幫助孩子對生活經驗進行整理和反省。

透過他人及不同世界的故事，還可以幫助孩子瞭解自己、瞭解世界以及個人與世界之間的關係，更進一步去思索「我是誰」以及生命中各種事物的意義所在。

所以，有故事伴隨長大的孩子，想像力豐富，親子關係良好，比較懂得獨立思考，不易受外在環境的不良影響。

許許多多例證和科學研究，都肯定故事對於孩子的心智成長、語言發展和人際關係，具有既深且廣的正面影響。

爲了讓現代的父母，在忙碌之餘，也能夠輕鬆與孩子們分享故事，我們特別編撰了「故事home」一系列有意義的小故事；其中有生活的眞實故事，也有寓言故事；有感性，也有知性。預計每兩個月出版一本，希望孩子們能夠藉著聆聽父母的分享或自己閱讀，感受不同的生命經驗。

從現在開始，只要您堅持每天不管多忙，都要撥出十五分鐘，摟著孩子，爲孩子讀一個故事，或是和孩子一起閱讀、一起討論，孩子就會不知不覺走入書的世界，探索書中的寶藏。

親愛的家長，孩子的成長不能等待；在孩子的生命成長歷程中，如果有某一階段，父母來不及參與，它將永遠留白，造成人生的些許遺憾——這決不是您所樂見的。

目錄

軒軒生氣了！

◎米琪

一大早的導師時間，由於老師臨時要開會，就在黑板上出了幾題數學要同學作答。

老師才踏出教室沒幾分鐘，事情就發生了。

「我寫完了！班長，接住！」全班都在靜靜地答題，志豪卻冷不防大叫。大家一時還沒反應過來，緊接著又聽見一聲慘叫；原來，志豪要丟給班長的考試本，一時沒丟準而砸到坐在班長隔壁的軒軒。

軒軒痛苦地抱著頭，氣急敗壞地起身大罵：「你瞎了啊！神經病！」這一罵，引爆了雙方的怒火。

「是你自己將頭歪一邊的！活該啦！」志豪不甘示弱地反罵回去，還動手推了軒軒的頭。

軒軒忍無可忍，撲到志豪身上便扭打了起來。旁邊的同學看到這樣的狀況，緊張地大喊：「不要打了！不要再打了！」有人上前勸架，也有人拍手鼓譟，全班又叫又鬧地亂成一團，場面完全失控了。

「你們在做什麼！」剛好這時候回到教室的老師，趕忙大聲喝止。

「老師！都是張志豪啦……」孩子們馬上七嘴八舌地向老師報告；

有告狀的、有辯解的、有作證的、有幫腔的，東一句西一句，根本聽不清楚誰說了什麼。

「大家安靜！」老師喝斥了一聲；待孩子們靜下來後，老師說：「現在大家閉上眼睛，靜語五分鐘。」孩子們

雖然莫名其妙，不過還是乖乖地照做了。

「好！大家張開眼睛。」五分鐘後，老師對大家說：「大家拿出課本自習。志豪、軒軒還有班長，你們三個人將剛才的事情經過寫下來，下課前交給老師。」

後來老師是如何處理的，同學們並不清楚；只見志豪和軒軒中午去過導師辦公室回來後，兩人又開始有說有笑了。

下午上課時，老師解釋靜思語「君子量大，小人氣大」後，有人忍不住提問了早上的打架事件：「老師，爲什麼您要我們靜語五分鐘呢？」

老師笑笑說：「那時志豪和軒軒打成一團，兩人都在氣頭上，這時說的話一定是『氣話』，甚至可能是『錯話』或『髒話』。這種話說出口就像劍一樣，會刺傷別人。所以我讓大家靜語，平息一下心中的怒氣，避免亂『劍』傷人』。」

「那又爲什麼要他們寫下事情的經過呢？」有人繼續問道。

「嗯……，有誰可以說說看爲什麼？」老師想聽聽大家的想法。

「要他們罰寫！」

「練習作文！」

「因爲用寫的就不會彼此又吵起來了！」同學們陸續發表看法。

「是啊！靜語五分鐘後，氣可能消一點，這時透過書寫的方式，可以比較冷靜地反省事情的經過。」老師解釋說：「我讓他們各自寫下自己的看法，是尊重他們的感受；再聽取旁觀者班長的意見，這樣就可避免各說各話了。」

原來，中午吃過飯後，老師把志豪和軒軒叫到導師辦公室；這時他們兩人都較心平氣和，又沒有其他同學在場，所以比較能放下自尊心。

志豪先坦承自己不該隨便丟本子；其實他一開始也覺得很抱歉，但卻被罵「瞎子」和「神經病」，所以很生氣。軒軒說自己實在是氣不過才會開口罵人，後來還動手打人；結果不但沒出到氣，反而讓自己更生氣，事情鬧得更大了。

「其實，當時一回到班上，看見你們大吵大鬧，我也是火冒三丈；但立刻想到在書上看到的一句話：『盛怒時，不開口超過三句話。』所以一方面要大家靜語，一方面也是讓我自己冷靜下來，免得『禍從口出』呢！」老師說。

此時軒軒舉手發言：「那我以後不講話的時候，就代表我正在生氣，你們可別惹我唷！」

「那以後我們班一定可以拿到秩序冠軍，因爲全班都靜悄悄啦！」此話一出，全班哄堂大笑。

【給小朋友的貼心話】

小朋友，生氣時，通常你都會做什麼讓自己不再生氣？別人生氣時，你又會怎麼幫他呢？

想個辦法吧！下回遇到適當的狀況，不妨用你的方法試試，就可知道自己的方法讚不讚囉！

恩恩送的生日禮物

◎米琪

恩恩上個月才搬到這個社區。社區裡有籃球場、游泳池、乒乓球桌等設施，讓酷愛運動的恩恩一掃之前整天關在公寓裡的鬱悶。

搬家當天，恩恩注意到籃球場上有位身手矯健的大哥哥，不論長射三分、轉身扣籃或是各種盤球動作，技巧精湛得讓恩恩看得目瞪口呆。他當下打定主意，要拜這位大哥哥爲師，請他傳授打籃球的祕技。

從那天起，恩恩放學後必到籃球場報到；都快一個月了，卻一直沒見到那位大哥哥。「也許他不住在這裡吧？」恩恩歎了一口氣，有點惱怒地背對著籃框用力拋出球。

「哎唷！」忽然聽到一聲驚呼，還有一堆東西落地的聲音。恩恩急忙轉身一瞧；想不到，隨便丟出的球，竟然打到剛從側門進來的大哥哥，還把他手上的大包小包打得七零八落！

「啊？」恩恩驚慌地叫了一

聲，快步上前。「對不起！眞對不起！」他急得蹲在地上收拾散落一地的東西。大哥哥並沒有任何責備，只是默默地撿東西。

「這人好像脾氣滿好的。」恩恩靈機一動，說：「大哥哥，對不起喔！我眞的不是故意的。我幫你拿回去吧！」大哥哥似乎心不在焉，臉上冷冷地沒有表情，也沒說話，就逕自往電梯走了。

搭電梯時，恩恩趁機攀談：「我剛搬來，住在B棟。我看過你打籃球耶，動作眞是又炫又酷！」他壯起膽試探地說：「嗯……大哥哥，你可不可以教我打籃球啊？」

出了電梯，左轉，大哥哥打開家門，始終不發一語，恩恩不免有些失望。直到恩恩把手上的東西遞給他時，他才開口說聲：「謝了。」恩恩仍然鍥而不捨地說：「我叫恩恩，你叫什麼名字？」

「阿明。」聲音冷冷的。

「阿明……，那我就叫你明哥好了！你明天教我打球好嗎？」

阿明準備關上門的手突然停了一下，恩恩趕緊抓住最後的機會大聲說：「明天下午四點籃球場見。等你喔！」

第二天下午三點半，恩恩帶著籃球到球場。他覺得心臟脹得像籃球那麼大。

四點，沒人。恩恩拍著球，心臟跳得和球一樣猛烈。

四點半，還是沒人。恩恩猶豫著是否直接到他家探個究竟。

正當恩恩失望地要回家時，阿明終於出現了！他滿臉鬍渣，一副剛睡醒的樣子。「明哥！」恩恩喜出望外地叫了出來。「嗨！」阿明只是嘴角微微上揚地打了聲招呼。兩人沒多說話，直接在場上飆球。

整個暑假，恩恩幾乎是「纏」著阿明，一直找他出來打球、游泳、玩電動，阿明還教會了恩恩自由式和仰式。兩人漸漸地成了無話不談的「麻吉」，阿明的冷漠，也慢慢地融化

有一天，阿明說要請恩恩吃晚飯，兩人便相約在恩恩喜歡的麥當勞見面。

拿了餐坐下來，恩恩正準備大快朵頤，拿起可樂湊到嘴邊的阿明忽然說：「今天……是我的生日。」

「是喔？生日快樂！可是，我……我沒準備禮物耶！」咬了一大口漢堡的恩恩抓抓頭，覺得不好意思。

「你已經送給我一份最大的生日禮物了……」看著恩恩，阿明微笑著說。

原來，半年前阿明發現交往多年的女友劈腿，傷心欲絕的他無法割捨這分感情，決定要用最大的誠意挽回她的心。努力了兩個月，無奈女友心意已決，不但把阿明多年來送她的禮物全數退回，還叫阿明不要再打擾她的生活。

那天，阿明捧著大包小包的禮物，就像捧著自己破碎的心，失魂落魄地走進社區側門，就冷不防地被恩恩的籃球K到了。

「我那時的心好痛，只覺得全世界都背叛了我，繼續活著也沒什麼意思了。那天，我原本打算自殺的……」阿明望著遠方，平靜得像是在訴說別人的故事。

「你那一球，猛然打斷了我自殺的念頭。之後你還一直拉我出來打球運動，讓我沒空胡思亂想；也讓我知道，世界上還有這麼在意我的朋友。我又何必爲了一個並不在乎我的人尋死，而讓關心我的人傷心呢？」

阿明舉起可樂：「謝謝你救了我一命！來！麻吉兄弟，乾杯！」

恩恩聽得似懂非懂，也還無法理解失戀的傷痛；他只知道，明哥已經不再痛苦了。爲明哥感到歡喜的他也高舉杯子，大笑著碰了一下阿明的可樂，兩人相視地同聲高呼：「麻吉啦！」

【給小朋友的貼心話】

小朋友，一個小小的關懷，有可能產生令人意想不到的影響，可別低估了友情的力量唷！

記得關心你周遭的親人及朋友，也要記得那些人對你的關心喔！

奇奇的太空梭

◎米琪

放學的音樂響起，一條條路隊人龍走出校門，把校園裡的喧囂聲逐漸帶走了。

音樂結束，只剩風兒在校園四處巡視，看看哪個小朋友還不回家。

五年二班的教室裡，奇奇一個人呆呆坐著，兩眼好像死盯著桌上，又好像根本沒在看。

桌上是一堆亂七八糟的紙盒和碎片，到底發生什麼事了？

原來，奇奇有一肚子的委屈——

奇奇花了一整個週末，利用牙膏盒、保特瓶、吸管和好多張廣告單製作了一架大型太空梭，準備今天在美勞課上獻寶。他最愛動手東拼西湊了，看起來不相干的廢棄物，經過他的巧手，就能變身成令人驚

艷的作品。奇奇很愛表現這項絕活；因爲，除此之外，功課、運動等表現不佳的他，平常很難得到讚美。

今早捧著這個大作品去上學，一路上吸引許多路人的目光，奇奇的心情也像乘著太空梭般直飛雲霄。一進教室，當然引來了同學們的圍觀和讚歎；奇奇很不好意思，但笑開了的嘴一直沒合過。

得到了讚美，卻也招來了妒嫉。「喂！這眞的是你做的嗎？」大個兒天勝擠開圍觀的同學，一把抓起太空梭：「你這麼笨，怎麼可能做出這種東西？一定是別人幫你做的！」

始終靦腆不說話的奇奇急著辯解：「才才……才不是……是是……

是我自己做的！」

「哈！你們聽，他自己承認才不是他自己做的！哈哈哈！」天勝一邊揮舞著太空梭在教室裡裡外外得意地奔跑，一邊不斷高喊：「不是他做的！不是他做的！」沒多久，便聽見天勝高呼：「飛吧！」緊接著傳來一陣尖叫！原來，天勝把太空梭從三樓走廊往外射出去了！

彷彿沒發生什麼事情似的，今天的美勞課像往常一樣進行著，但奇奇沒有交作品，也沒跟老師說什麼。

其實，只是機身斷成兩截、機首凹陷、機翼歪掉而已，稍微修一修還是很不錯。但是，奇奇把太空梭撿回來後，內心只想揍天勝一頓，但他不敢；想大哭一場，卻又哭不出來。美勞課時，他只是默默坐在座位上，兩手在桌子底下將太空梭一片一片撕毀……

「小朋友！天黑了，快點回家，我要鎖樓梯門了！」直到警衛伯伯來趕人，奇奇才揹起沈重的書包回家。

「奇奇，怎麼啦？今天怎麼這麼晚才回到家？」在大學當老師的爸爸已先回到家了。看到奇奇無精打采地走進家門，爸爸關心地問他。

「爸爸……」看到慈祥的爸爸，奇奇忍不住地哭了出來，將今天發生的事告訴了爸爸。

「奇奇乖，」爸爸心疼地將他摟在懷裡：「爸爸說個故事給你聽喔！」接著，他爲奇奇說了一段往事——

二十年前，爸爸剛退伍時，因爲只有高中學歷，便先到一家印刷廠當送貨員。有一天，他載了一卡車書，要送到T大的六樓辦公室。

爸爸先搬了一批書在電梯前等候時，就有一名警衛走過來說：「我們的電梯只開放給教職員搭乘喔！」

「可是這些書很重耶！而且滿滿一卡車都要搬上六樓，拜託您通融一下嘛！」爸爸一再懇求。

「我也沒辦法，這是學校的規定。」警衛始終不肯放行。

爸爸雖然覺得學校的規定很不通人情，但是，送貨員的工作就是要把貨準時送到顧客指定的地點。所以，他就一趟又一趟、上上下下地把書搬上六樓。

爸爸搬得汗流浹背，上氣不接下氣，雙腿痠軟無力。他一邊搬一邊想：「我能這樣搬一輩子嗎？」

從那天起，爸爸發憤要考上大學。他白天工作，晚上苦讀；一年後，不但考上T大，現在還是T大的教授呢！

「當時因爲白天送貨很辛苦，下班已經很累了，晚上還要讀書，時常會力不從心；但每當我懈怠或想偷懶時，腦中立刻浮現那一幕搬貨上樓的情景，就能再度振奮精神。」爸爸推推眼鏡說：「也許，我能有今天，還應該感謝那一次辛苦的經驗呢！」

奇奇明白了爸爸的意思。他收拾起悲傷的心情，又找來了許多養樂多瓶和紙盒，在書桌前專注地拼起來了。

【給小朋友的貼心話】

小朋友，你覺得要怎麼看待他人因為嫉妒（或其他不好的心理因素）所說出的傷人話語呢？你會希望老師或爸媽怎麼幫助你呢？

你是否曾因受到挫折而發憤說：「我將來一定要……！」這分意志還在嗎？

為了不讓受挫的戲碼在生命中重複上演，你得發揮你奮發圖強的意志力，才不會浪費了寶貴的經驗喔！

耘耘跟阿嬤

◎米琪

「耘哪，要早點睡喔！明天上學過馬路要小心，有車就不要過，最好是和別人一起過馬路唷！」

「嗯，知道了！阿嬤晚安！」

每天晚上，阿嬤都會算準了耘耘作完功課的時間打電話過來。「吃飽了嗎？」「功課多嗎？」「早晚涼喔！出門要加件外套喔！」和耘耘講講話就像是阿嬤每天的功課，總要做完了，她才能放心去睡覺。

耘耘之所以和阿嬤的感情這樣好，是因爲他從小就和阿嬤住在一起。阿嬤會牽著他的手上學；放學時，還會繞道到小雜貨店買個點心給他才回家。逢人聊上幾句，阿嬤總不忘開懷地說：「我這個孫啊，是我一手帶大的啦！」

三年前，耘耘和爸媽一起搬到台北。之後，幾乎每個週末，爸媽都會帶耘耘回桃園看阿嬤，阿嬤則會準備滿滿一大圓桌的好菜招待他們。飽餐一頓後，耘耘會滿足地說：「每次回來，都好像是吃年夜飯，我都吃得好飽喔！」阿嬤聽他這麼說，辛苦了一天的疲憊也就一掃而空了。

這個星期天一早，阿嬤要出門買菜前，特地問耘耘：「耘哪，你要吃什麼？阿嬤去市場買回來煮給你吃。」

耘耘想了想，說：「阿嬤，我跟你去市場買菜好嗎？」

「當然好啊！」阿嬤開心地滿口答應，祖孫倆便攜手出門了。

兩人來到十字路口，正好遇上紅燈，便規矩地在馬路邊等著。

以前阿嬤帶耘耘上下學，一定會經過這個路口。過馬路時，阿嬤會緊牽著耘耘的手，一邊穿過馬路，一邊低下身叮嚀他：「過馬路要小心慢慢走，有車就不要過，最好是和別人一起過馬路。」

耘耘回想起，有一次他還指著路口的交通號誌對阿嬤說：「那個小綠人不乖，他用跑的！」耘耘記得當時他得抬頭和阿嬤說話；但現在，他已高出阿嬤半個頭了。

綠燈亮了。阿嬤緊抓起耘耘的手準備過馬路。但對面仍有一輛接著一輛的車子轉彎過來，擋住了去路，使得阿嬤猶豫著舉足不前。

看著後頭好多人都俐落地快步走過馬路，祖孫

倆卻仍站在原地。耘耘看見身邊的阿嬤臉色有點慌張，便用力牽起阿嬤的手說：「阿嬤，我帶你過馬路！」

耘耘一手緊握阿嬤的手臂，一手沈穩地微微舉起，示意來車禮讓他們，然後小心翼翼地通過馬路。

到了對面，阿嬤鬆了一口氣，微笑地對耘耘說：「耘哪，你長大囉！會牽阿嬤過馬路了，好棒！」

耘耘也似乎鬆了一口氣，像是小大人般地俯身對阿嬤說：「阿嬤，你過馬路要小心唷！有車就不能過，最好是和別人一起過馬路喔！」

【給小朋友的貼心話】

小朋友，你還記得第一次阿公阿嬤或是爸爸媽媽帶你過馬路的情形嗎？當時車多嗎？他們是怎麼叮嚀你的呢？

現在你會自己過馬路了吧？過馬路時，不妨回想一下當初大人們對你的呵護；有機會，也把這分愛意及善念傳達給別人吧！請記得，看清左右來車再小心通過唷！

悠悠最愛玉蘭花

◎米琪

若問悠悠最喜歡什麼花？她必定不假思索地回答：「玉蘭花！我爸爸車上一定有玉蘭花，好香、好好聞喔！」

今天爸爸忘了買花，放學後的悠悠上車沒聞到期待中的香味，就一路上嘟著小嘴，爸爸只好載她繞道去買。

就在爸爸公司附近的十字路口，遠遠地就可以看到有個人一手掛著竹籃，另一手拿了兩三串玉蘭花，向等紅燈的駕駛們兜售。悠悠注意到那人頭戴斗笠，帽沿壓得很低，幾乎看不到臉，倒是露出粗粗的臂膀和髒髒的腿。

悠悠有些失望。她以爲賣花的人，尤其是賣這種香花的人，應該像童話故事裡描寫的，是個綁著頭巾、身穿小花裙的可愛女孩，不然就是慈祥的老婆婆，怎麼會是眼前這個……

爸爸搖下車窗，伸手向那人打招呼；那人即刻快步走來，從車窗外送進了兩串花，並且說：「那是您女兒啊？眞漂亮！來來來！多送一串給她！謝謝啊！謝謝！」

就在那人說話的當時，悠悠看清楚了：他的臉和手上的膚色很不均勻，而且有明顯的疤痕；掛著竹籃的那隻手並沒有手掌。

繼續開車的爸爸發現，花都買了，悠悠卻還是嘟著嘴巴。問明原因後，爸爸嘆了口氣說：「其實，賣玉蘭花的本來是一位慈祥的老婆婆……」爸爸緩緩訴說出一個動人的故事。

一年前，那名男子因工廠失火被嚴重灼傷，外表烙下不可磨滅的傷痕，左手掌也不得不截肢，成爲行動不便的人。

從此丟了工作的他，開始自暴自棄，整天把自己關在家裡喝酒，喝得爛醉如泥。於是，家裡的開銷，只有靠著與他相依爲命的母親去賣玉蘭花。

2005.12

一個將近七十歲的老人，就這麼駝著背、彎著腰，每天頂著風吹日曬，穿梭在車陣中賣玉蘭花，賺取微薄的收入。

有一天，天氣很冷，風呼呼地吹，老婆婆賣花回來後，一邊數著銅板，一邊不停咳嗽。當她慢慢走進兒子的房間時，迎面飄來的是濃濃的酒味。看到兒子仍舊躺在床上，她咳嗽著彎下腰，幫兒子蓋好棉被，難過地說：「兒子呀！如果你再不振作起來，阿母老啦，哪天生病倒下了，誰來照顧你？你現在這個樣子，阿母就是死了，也不能放心閉上眼睛呀！咳、咳、咳……」

男子其實已經清醒了，只是他不敢面對媽媽；剛剛媽媽說的話他也都聽見了。他想：「阿母這麼老了，我不但不能照顧她，還讓她每天去賣花來養活我，一直爲我擔心。而我只因爲身體的一點殘缺，就逃避、不滿，滿肚子的怨和恨，甚至對母親惡言相向。現在的我，不但身體殘缺，連心理都殘缺了，變成一個不折不扣的廢人。媽媽老了，該是我奉養她的時候了，我還能依賴媽媽多久？」

男子越想越覺得實在太對不起母親了。他激動地跪在母親面前痛哭，請求母親原諒，並代替母親去賣玉蘭花，負起爲人子女的責任。

爸爸撫著掛在後照鏡上的玉蘭花，輕輕說：「我會固定來跟他買花，是因爲在這花香中，有一分母愛的偉大，和一分浴火重生後的堅強。」

聽了這段故事，悠悠捧起手上的玉蘭花，閉起雙眼細細地聞了聞，對爸爸說：「下次我一定要當面謝謝他，謝謝他送我這麼漂亮、這麼香的花！還有，爸爸，悠悠也要謝謝您！」

看著悠悠那天眞無邪的表情，爸爸開心地笑了！

【給小朋友的貼心話】

一個傷痕，背後可能有一段不為人知的辛酸啊！

小朋友，想想看，看到顏面或肢體傷殘人士的時候，為避免對他們造成二度傷害，你覺得用什麼態度和眼光面對比較好呢？

婷婷與「蝸牛」

◎米琪

「拜託！快點好不好？不要老像蝸牛那樣慢吞吞的，不然又要被糾察隊登記了啦！」婷婷對著東摸西摸、一副心不在焉的妹妹喊著。

今早，這已是婷婷第三次如此催促妹妹了；每天上學前，這樣的戲碼總會一再上演。有好幾次，婷婷都想丟下妹妹自己上學去；但她不能，也不放心，因爲妹妹是個唐氏症寶寶。

其實婷婷很愛妹妹的，她覺得妹妹就像小嬰兒一樣單純可愛，並且需要保護。上個月，婷婷還打了她生平的第一場架，只因爲有個男生罵她妹妹是白痴。

儘管處處護著妹妹，但妹妹鬧起脾氣來根本不可理喻，常惹火婷婷。所以她也會懷疑：「她眞的是我妹嗎？和我一點都不像！」

婷婷個子高瘦，妹妹則矮胖；婷婷有張美麗的瓜子臉，妹妹則是頭型扁平的大餅臉。此外，婷婷個性急，反應敏捷俐落，和動作遲緩的妹妹在一起，簡直就像是兔子和蝸牛一起玩「兩人三腳」，婷婷再怎麼有耐性，也難免發飆了。

有一天，婷婷放學後，照例匆匆趕到妹妹的教室，幫她收拾好文具、書包、水壺、便當盒，再帶她回家。排路隊時，妹妹突然想起老師送她的一張貼紙，堅持要回教室拿；拗不過妹妹，她們又返回教室。找了半天才找著後，路隊早已散了，校園裡人去樓空，只剩她們姊妹倆一高一矮攜手同行的身影。

才剛走出校門沒多久，妹妹又嚷著要尿尿。「妳剛剛不是才尿過嗎？怎麼又要尿了？很煩耶！」婷婷忍不住數落妹妹，但還是得陪她去上廁所。

上完廁所出來，妹妹提議：「姊姊，我們走那個門回家好嗎？」妹妹指的是學校側門，由於從那兒回家較遠，她們幾乎不曾走過。婷婷心想：「反正跟不上路隊了，就換條路走走吧！」

側門外是一條田埂路，兩旁是稻田；這時節稻穀還沒冒出來，放眼望去盡是綠油油一片，加上傍晚的涼風拂面，真令人心情舒暢。

走著走著，落在後頭的妹妹突然高喊：「中了！中了！」原來，妹妹拔了一根鬼針草射在婷婷的長髮上。婷婷立刻回擊，也打在妹妹的肩膀上。兩姊妹就這麼邊追邊玩，好不快活。

妹妹突然蹲下來，輕嘆一聲：「蝸牛耶！」蝸牛是少數妹妹認得的動物之一。自從婷婷跟妹妹說了蝸牛揹著房子去旅行的故事後，妹妹就說長大後也要像蝸牛一樣去旅行。

　　姊妹倆就這麼蹲在田埂旁觀察蝸牛的行動。看得專注時，妹妹突然拔了一朵鬼針草的小白花塞在婷婷耳朵上說：「姊姊好漂亮！」

　　聽到這麼窩心的話，再看著妹妹瞇得像彎月般的眼睛，婷婷非常感動，不由得緊緊擁抱妹妹。

　　睡前，姊妹倆聊著回家路上的趣事，說著說著，妹妹便睡著了。

看著沈睡的妹妹，一副天真無邪的模樣，婷婷突然感傷起來：「妹妹從小就生病，換成是我，一定會千百個不願意的！」她好想對妹妹說：「以後我不會再叫妳是蝸牛妹了。要不是有妳，會有今天這麼美好的回憶嗎？」

【給小朋友的貼心話】

人體有二十三對染色體，「唐氏症」寶寶是多了一個第二十一對染色體的疾病。或許體型不同、長相不同，有些人甚至身體殘缺或罹患重症，但人人與生俱來的那顆心，卻是一樣珍貴！就看你能否換個角度欣賞囉！

鈞鈞的「母親」

◎米琪

小朋友最愛過節了，鈞鈞當然也不例外。

每年的第一天，他就享受到特別的假期；因爲，一月一日正是他的生日。小時候，爸爸曾對鈞鈞說：「因爲鈞鈞是上帝的禮物，所以生日這天，全世界都放假來爲你祝福。」

接下來最開心的就是農曆過年了。爸爸會幫鈞鈞買新衣、新鞋，又可以回去鄉下和爺爺、奶奶、堂兄弟姊妹們一起吃年夜飯，而且還有壓歲錢呢！

父親節時正好放暑假。爸爸總會帶鈞鈞到國外旅遊，說是度假並增長見聞。他們已經去過東京迪士尼樂園、美國水世界水上樂園、新加坡海底世界、普吉幻多奇主題樂園。

聖誕節最令人期待了。除了豐盛的聖誕大餐之外，還有聖誕老人送的禮物。每年的聖誕節當天，鈞鈞一早醒來，一定會發現床頭邊掛著的大襪子裡已裝了神祕禮物，而且剛好是自己很想要的東西。爸爸總會笑著說：「嘿嘿……連聖誕老人都知道鈞鈞很乖，特地送禮物來了！」但是，五年級的鈞鈞開始懷疑誰是聖誕老人了。

雖然有那麼多教人開心的節日，但其中也有鈞鈞討厭的節日。

母親節是他最不喜歡的節日了；因爲每年母親節前，老師都要他們製作「母親節卡片」，或寫一篇作文「我的母親」。

可是，鈞鈞做好了母親卡，就會問老師：「我的卡片不知道要送給誰？」

從來沒見過媽媽的鈞鈞，有一次寫的是：「我的母親像空氣一樣，我很需要她，可是都看不見，也抱不到……」他不知道怎麼形容「我的母親」。

今年，班上多了一個轉學來的同學叫可中，他也沒有媽媽，兩個人因此成為死黨。當老師又要他們做母親節卡片時，鈞鈞對可中說：「我們都沒有媽媽，做了卡片又送不出去，乾脆不要做算了！」

沒想到，可中竟然說：「才不呢！我有四個媽耶！」

「四個媽？」鈞鈞聽得一頭霧水。

「現在不告訴你。等我的卡片做好了，你就知道啦！」

過了兩天，可中果然做好了四張卡片。鈞鈞拿起紅色的卡片一瞧，上面寫著：「親愛的阿嬤媽咪，謝謝您每天煮這麼多好吃的菜給我吃……」

再看看藍色卡片：「親愛的阿公媽咪，謝謝您每天陪我上下學，還到補習班接我……」

粉紅色卡片寫的是：「親愛的姑姑媽咪，謝謝您每天教我功課和吹直笛……」

綠色卡片是給爸爸的：「親愛的爸爸媽咪，謝謝您每天爲我辛苦工作，供我讀書……」

鈞鈞看傻了，久久都沒回過神來……

這個週六，爸爸到公司加班，獨自待在家的鈞鈞也沒閒著，一整天都在割紙、畫圖、上色、寫字，忙得不亦樂乎。

第二天一早，鈞鈞看到爸爸起床後，趕緊泡了一杯溫牛奶，連同第

HAPPY
MOTHER'S
DAY
2005.12

一次精心製作的卡片送到爸爸面前，有些害羞地說：「爸爸，母親節快樂！」

剛睡醒的爸爸，突然眼睛睜得大大的，上下打量著鈎鈎：「你沒搞錯吧？我是爸爸耶！」

「爸爸，你看卡片嘛！」

爸爸打開卡片，裡面寫著：「今年，我找到媽媽了！那個媽媽就是一直照顧我、愛我的爸爸！您比所有的媽媽更辛苦，所以我要祝您『母親節快樂』！」

爸爸的眼眶紅了，父子倆緊緊相擁，一切盡在不言中。

【給小朋友的貼心話】

小朋友，「母親」當然是指生下你的人；不過，「母親」也可以是把你當心肝寶貝般疼愛的所有人，不是嗎？

記得感謝每一分關愛你的心意喔！

圓圓買了愛心筆

◎米琪

由於期中考的成績很不錯，媽媽因此兌現考前的承諾，帶圓圓去買禮物。

這個週日一早就艷陽高照，捷運站前人潮熙來攘往。看到人們都有說有笑，圓圓覺得每個人都像是和她一樣特地出來買禮物似的。

滿心期待地正要踏進百貨公司大門，冷不防被一個大哥哥攔住。

「小妹妹，我們是愛心義賣，所得將捐給盲胞，一份一百元，請發揮您的愛心好嗎？」這位身穿紅色背心的大哥哥，手捧一大盒原子筆，邊說邊將一對筆送到圓圓面前。

這突如其來的舉動，讓圓圓有些嚇一跳；但大哥哥臉上堆滿了笑意，很熱情地一再懇求。圓圓正好看到，不遠處有個小女孩，向一位身穿同樣背心的大姊姊買筆。於是她抬頭問媽媽：「媽咪，我可以用我的零用錢買嗎？」媽媽微笑著答應。

「小妹妹好有愛心唷！謝謝妳！」大哥哥向她道謝說。

這一整天，圓圓不時回味著那位大哥哥對她的讚美，令她覺得助人眞快樂。

晚上，吃完飯後，圓圓跟爸媽一起到客廳看新聞。一打開電視，電視正好報導著：「……記者獨家拍到一名黑衣男子開車運送七名殘障人士到不同的地點乞討……」原來是有人爆料，有不法集團利用殘障人士行乞，來騙取大眾的愛心。新聞還

說，曾發生有人藉口沒錢回家而向人騙取車錢；也有人進行義賣，後來發現其實是一種詐騙手段。

圓圓看了好生氣，她覺得自己被騙了。雖然媽媽跟她說，不能因爲有人存心詐騙，就認爲所有義賣都是假的，但圓圓一句也聽不進去。她忿忿地說：「我要叫警察把他們通通抓起來！」

幾天後，圓圓補習下課後要搭車回家。到了公車站牌，她才發現悠遊卡不見了；左掏右翻了半天仍找不著，身上又沒帶錢。眼見公車一輛一輛地開走，圓圓不知如何是好……

圓圓原本想向別人借錢的；但腦中立刻浮現那天的新聞畫面，她自言自語：「萬一別人也把我當成騙子怎麼辦？」圓圓急得像熱鍋上的螞蟻。

「好幾班公車過去了，再不回家，媽咪一定很擔心！」圓圓顧不了那麼多了，壯起膽來，向一位看起來很慈善的大姊姊說：「對不起！姊姊，我的悠遊卡掉了，我沒有錢搭公車，可不可以跟您借？我一定會還您！」

圓圓本來以爲會被拒絕；想不到，那位大姊姊毫不猶豫地從包包裡掏出二十元給她，並且笑著說：「不用還啦！趕快回家吧！」

回家後，圓圓內心百感交集。她以爲那些在街頭向人勸募或乞討的人全是騙子，她也以為不會有人相信她的話而借錢給她；她更不敢相信，那位大姊姊竟然二話不說就把錢給她，完全沒有懷疑她的樣子。

想到自己在需要幫助時，別人能慷慨伸出援手，內心眞是又感激又感動。於是，圓圓在心中拿定了主意：「下次再遇到同樣的情形，我還是要盡力幫助人！」

【給小朋友的貼心話】

小朋友，可能你也聽過一些騙取別人愛心的故事，你是怎麼看待的呢？想想看，我們可以因此不再發揮愛心嗎？要如何付出愛心，才不會受騙？

瑋瑋的選擇

◎米琪

「咦？怎麼靜悄悄的？」瑋瑋推開家門，愣了一下後，隨即喃喃自語著。

特地瞧了一下最裡邊的房門，瑋瑋心中納悶：「房門關著。難道『Yes sir』不在家？奇怪……」

「Yes sir」不是別人，是瑋瑋的老哥。

一向酷到不行的老哥，揚言沒有前三志願的大學不念。第一年，他宣稱是受濾過性病毒之累，無法發揮實力；第二年，又怪罪前一晚大地震，把他烙在腦子裡的答案都震掉了。

第三年，放榜後的結果是「三連槓」。沈默了一個禮拜後，他終於開口了：「所謂行善不能等！我決定把握當下，做我生平第一件偉大的善事——我要把前三志願拱手讓給那些寒窗苦讀的書呆子！我要報效國家，投筆從戎去也！」

決定行善後，老哥隨即恢復原有的酷勁，還把瑋瑋叫到跟前，以長官訓菜鳥的口吻說：「聽好了！以後看到我，要立刻立正，還要行舉手禮叫聲『Yes sir』，要大聲點，聽到沒？」然後一邊走回房間，一邊拉長喉嚨高唱：「九條好漢在一班，九條好漢在一班……」快進房門時，還不忘回頭拋出一句：「有我保衛你們，OK啦！」

老哥這麼有自信也不是沒原因的。從前他就常擺出健美先生的英姿，向人炫耀那結實又碩大的胸肌、背闊肌和腹直肌，以證明他可不是一天到晚只會啃書的弱雞。決定去當兵後，更是每天結結實實地猛操三百下伏地挺身、三百下仰臥起坐，還把軍歌改編成不停碎碎念的饒舌歌，成天把音樂開得震天價響。每天瑋瑋放學要推開家門時，都得塞塞耳朵。

這一天，是老哥兵役抽籤的日子。瑋瑋回家時，房子裡不同於以往地鴉雀無聲，真是太詭異了！瑋瑋決定進老哥房間一探究竟。

「『Yes sir』！原來你在啊！怎麼沒精打采的？剛剛有地震嗎？還是濾過性病毒又在作怪啊？」

躺在床上的老哥不屑地翻過身，沒好氣地說：「我今天心情不好，別吵我！」

瑋瑋把老哥要死不活的模樣告訴爺爺。爺爺說：「走！我們去看他。」

「怎麼了啊？」爺爺走進房便問。看見是爺爺進來了，老哥連忙坐起來，一臉委屈又不好意思地說：「唉唷！我真『衰』，竟然抽到籤王

『海軍陸戰隊』！當場大家都拍手叫好，眞是幸災樂禍。」

「你不是說要保衛我們，一切OK嗎？」爺爺拍拍老哥的肩膀，打氣地說。

「人家怎麼知道會抽到『海軍陸戰隊』！聽別人說，『海陸』很恐怖耶！」老哥無力地說。

爺爺安慰他說：「別擔心啦，傻孩子！即使是海軍陸戰隊，也有兩個機會，一個是分發到內勤職務，一個是外勤職務。也許正在行善的你，會被分到內勤單位喔，那就沒什麼好怕了！」

老哥憂心地說：「如果被分到外勤單位呢？」

「那也有兩個機會，一個是留在本島，一個是派駐外島。留在本島就輕鬆啦！」爺爺笑著說。

「要是被派駐外島呢？」老哥看起來更沮喪了。

「那還是有兩個機會啊！一個是在後方，一個是到最前線。如果是分發到後方，那就安啦！」

「如果不幸到最前線去呢？」老哥緊張地抓住爺爺的手說。

爺爺拍拍老哥的手，笑說：「那還是有兩個機會！一個只要站站衛兵就可平安退伍了，另一個則是倒霉碰上意外事故。如果只是站衛兵，那有什麼好怕的？」

2005-12

「唉呀！萬一碰上意外事故呢？」老哥洩氣地說。

爺爺趕緊說：「那倒也不一定，也還是有兩個機會，一個是受輕傷，送回本島就醫，另一個是重傷不治。如果你受了輕傷，不就可以回台灣嗎？」

「那……那……，那如果……如果掛了呢？」老哥瞪大眼睛，勉強吐出這幾個字。

「我知道了！」聽了這麼久，瑋瑋也聽明白了，於是趕忙接話說：「如果你都掛了，那還管那麼多幹嘛？『Yes sir』！」

老哥想想，覺得爺爺的話還滿有道理。他喃喃地說：「對喔！事情總有很多可能，最糟糕的狀況就是回到原點罷了。唉！想這麼多幹嘛，先做目前最要緊的事吧！」

他起身勾著爺爺和瑋瑋的手臂，精神一振地說：「走，我們吃飯去吧！」

晚間，瑋瑋一邊作功課，一邊不時回想起剛剛的對話。他對於是否加入籃球校隊始終猶豫不決。籃球是他的最愛，但一想到每天要提早到校練體力，放學後還得留下來魔鬼訓練，他就提不起勁了；他覺得早起很痛苦，又不願被剝奪放學後玩電動的時間。

他想了又想：「不去做，怎麼知道我能不能辦到呢？」穿著校隊制服在球場上奔馳的畫面忽然清楚地在他心中浮現。瑋瑋下定決心，起身抓起籃球，做了個長射三分球的動作，然後高呼：

「擦板得分！」

【給小朋友的貼心話】

小朋友，你是不是也曾為了該不該做某件事而苦惱不已呢？何不將自己的狀況，套進爺爺和老哥的對話模式看看，也許你就得到答案了唷！

嘉嘉終於懂了

◎米琪

升上五年級後，由於重新編班，又有兩名轉學生，老師爲了同學們能早些彼此熟悉，一開學就玩起「小天使」活動。

兩個月過去了，同學們大都已打成一片，於是老師又公布了一項新遊戲：按座號順序，每天由一名同學當「每日之星」，其他同學必須在聯絡簿上寫下「每日之星」的優點。

「請同學用心觀察。第二天，老師會將大家的看法，公布在班級網頁上。」老師說。

同學們的反應十分熱烈。下課時，常可看到三五好友聚在一起討論「每日之星」的優良行爲或美德；而當上「每日之星」或即將當上的人，也似乎都會表現得循規蹈矩，甚至特別傑出。此外，班級網頁的參觀人數更是爆增，每天所公布的內容，都會在隔天成爲大家的熱門話題。

嘉嘉是三十號，也是班上的最後一號，她實在有些等不及了。每晚寫著別人的優點時，她更想趕快知道別人會怎麼寫她；而在看到老師所公布的同學優點後，也會暗自下決心，一定要讓別人覺得她也有這些優點。

這一天的「每日之星」是葉文，她是新轉來的學生；此外，她有一個較特別的身分——資源班的學生。也由於這個特殊身分，老師安排葉文與品學兼優的嘉嘉同一組，希望嘉嘉能隨時幫助她。

晚上，嘉嘉對著聯絡簿發呆了好一會兒，她實在想不出該寫什麼？她想到的，全是又氣又討厭的事情——

有一回寫書法，葉文老是無法靜下心來，不斷抬頭東張西望；看到對面的嘉嘉寫得很漂亮，便拿著毛筆繞到嘉嘉後面欣賞。不料，由於沒蓋上筆蓋，筆上的墨汁竟滴到嘉嘉背上，把嘉嘉心愛的粉紅色洋裝滴得污漬斑斑。嘉嘉氣哭了，一整天都不和葉文講話。

更扯的是運動會那天。「大隊接力」是最受注目的壓軸好戲，一向跑得很快的葉文負責交棒給嘉嘉。他們原是一路領先的，葉文拿到棒子後也發揮了飛毛腿的腳力努力向前衝；但就在快交棒給嘉嘉的大約二十公尺前，葉文突然發現鞋帶掉了，竟蹲下來綁鞋帶，而且久久都綁不好。霎時，全場一片嘩然，嘉嘉和班上同學更是大呼小叫地催促葉文快跑；但葉文專注地綁鞋帶，似乎完全聽不到四周的喧鬧。等嘉嘉拿到棒子，再怎麼死命狂奔，也挽不回遠遠落後的下場了。

說穿了，嘉嘉根本不喜歡葉文；她覺得葉文就像是她的拖油瓶，總是給她惹麻煩。

「這個笨手笨腳的傢伙，哪有什麼優點？叫我怎麼寫嘛！」嘉嘉越想越生氣。一向要求完美，不曾不交功課的她，這天索性不寫「每日之星」的優點了。

第一次故意不交功課，嘉嘉還是有些忐忑不安，也很好奇別人會寫些什麼。隔天放學回家後，嘉嘉第一件事便是上班級網頁。

「葉文很愛笑，每天都可以聽到她開心的笑聲，我也會跟著開心。」

「我覺得葉文很負責任。每次打掃，她都一定要掃得很乾淨才會停止。」

嘉嘉終於懂了

「上次我數學考不好，覺得很丟臉，但葉文卻安慰我，說我很棒。她說，她媽媽告訴她，只要盡力就是最棒了。」

「葉文心地很善良，從來不會說別人的壞話，也不會欺負別人。」

嘉嘉覺得很驚訝，竟然有這麼多人寫出葉文的這麼多優點，而且這些優點似乎都是眞的。「爲什麼別人能夠寫出來？」嘉嘉不斷捲動畫面，上上下下地反覆看著這些優點，感到慚愧不已。

「爲什麼別人看得到葉文的優點，我卻看不到？」嘉嘉捫心自問。

翻開聯絡簿，她在前一天的空白處寫上：「原來『心美，看見的世界就美。』我終於懂了！是葉文讓我明白這個道理的。葉文，謝謝妳！」

【給小朋友的貼心話】

小朋友，這是一個很好玩的練習。請找一個你不喜歡或者不熟悉的同學，回想他的言行，試著從中找出一項優點。

之後，請你以這個優點的角度再去觀察他的言行，你可能會對他產生不同以往的觀感；或許，還會因此發現到他更多的優點唷！

欣欣和爸爸的餃子餐

◎米琪

欣欣從小就和爸爸兩人相依爲命。

早上，欣欣會準備昨晚買好的麵包，再泡兩杯牛奶，和爸爸一起用過早餐後，才安心地去上學。放學回家的路上，欣欣會繞道去買些日用品，有時也會去便利超商繳水電費。爸爸下班回來，欣欣會幫忙準備換洗衣服、放洗澡水，再出去買晚餐。

做完功課後，欣欣愛聽爸爸聊聊當天上班的趣事；一邊聽，還會一邊幫爸爸按摩。爸爸總會說：「嗯，欣欣的按摩技術愈來愈棒了！」有時，欣欣也會撒嬌要爸爸幫他按，爸爸的技術更是一級棒呢！

因爲，欣欣的爸爸是一位優秀的按摩師；而且，他的眼睛看不見。爸爸是盲人按摩中心的成員。中心每天會派人到家裡接爸爸去上班，有時在火車站按摩，有時在醫院裡服務。爸爸每天接觸各式各樣的人，有些是腰痠背痛，有些是壓力太大，專程來享受腳底按摩；也有人只是心情煩悶，來找爸爸聊天訴苦。一天下來，總有許多新鮮事發生。

有一天，爸爸下班回來時，不愼跌落路邊施工所挖的大窟窿裡，結果左腳韌帶受傷，裹著石膏、戴著支架在家中休養。

爸爸在家休養一天，就少一天收入。欣欣很清楚家裡並沒有什麼存款，而且爸爸的腳又不知何時才會好起來，會不會沒有錢付醫藥費？所以，欣欣都會省吃儉用，不敢多花錢。

有一次，欣欣買了二十個水餃和一碗紫菜湯回家，然後仔細地分成兩份，一份多、一份少。

吃飯時，爸爸總會習慣性地用筷子碰碰欣欣的碗盤，確定裡面有食物後，才會放心開始吃；今天也不例外。爸爸還特別從自己的盤裡夾了幾顆水餃給欣欣，說：「你要多吃點，才能長高唷！」

欣欣乖巧地說：「嗯！我最喜歡吃水餃了！」

父子倆一邊用餐，一邊說說笑笑。可是，欣欣一個餃子也沒有吃，她悄悄將自己盤子裡的水餃往爸爸的盤裡夾，將自己碗裡的湯往爸爸的碗裡舀。

吃著吃著，爸爸突然用筷子碰碰欣欣的盤子，盤裡空無一物。

爸爸奇怪地問：「欣欣，你吃完啦？」

欣欣趕緊回答：「是啊！餃子太好吃了嘛，一下子就吃光了！」

爸爸摸摸自己的肚子說：「唉！爸爸整天待在家裡，也沒做什麼事，實在不太餓呢！你拿去吃吧，多吃一點，才能快快長大啊！」說著就把自己盤裡剩下的三、四個水餃倒在欣欣的盤子裡。

欣欣問：「爸爸眞的吃飽了嗎？」

爸爸笑著摸摸欣欣的頭說：「爸爸吃得很飽啦！乖孩子，快趁熱吃吧！」

欣欣這才放心地三兩下就吃完剩下的水餃。

【給小朋友的貼心話】

當家裡有你喜歡吃的東西，數量卻很少時，你會與家人分享嗎？

小朋友，你有類似的經驗嗎？能體會這種互相疼惜的用心嗎？

龍龍和小虎

◎米琪

「大家好，我叫『北二高』啦！」升上了五年級，龍龍向編班的同學大聲地自我介紹。之所以有「北二高」的外號，是因爲從一年級開始，他就一直是班上的第二高；但論體重，可就沒人比他更有「分量」了。

塊頭大的龍龍是班上的開心果，與生俱來的喜感，總能出奇不意地製造「笑果」，因此大家都喜歡和他玩在一起。你若看到一群人圍繞著一個高個子，甚至吊在他手臂上、騎在他背上玩得不亦樂乎，不用懷疑，那高個子鐵定是龍龍。

總是和龍龍形影不離的是小虎，他是一位先天性成骨不全症患者，也就是俗稱的「玻璃娃娃」。身高不到一公尺的小虎，坐在輪椅上，顯得更加嬌小。

從前媽媽會陪著小虎一起上學；但上學期生下弟弟以後，她就不能整天待在學校了。

因此，老師在班上徵求一名小虎的貼身幫手；熱心的龍龍馬上自告奮勇。此後，舉凡午餐打菜、上廁所、跑福利社、坐電梯等，龍龍都盡職地協助小虎。兩人便因而成爲全校聞名的「龍兄虎弟」！

這天的放學時分，龍龍照例推著小虎到電梯口；等了許久，龍龍還按了好幾次按鈕，電梯還是完全沒反應，看來是故障了。沒其他辦法，龍龍便打算揹小虎下樓。

魁梧的龍龍揹起瘦小的小虎並不難；有幾次放學，小虎坐在輪椅上看不到遠處的風景，龍龍還揹起小虎，讓小虎笑得合不攏嘴。

但是，自從發生一位玻璃娃娃從樓梯摔下不幸身亡的意外後，老師就再三叮嚀龍龍和其他同學，無論如何都不能再揹小虎了。

但電梯壞了啊！不揹小虎，怎麼回家呢？老師的叮嚀言猶在耳，龍龍遲疑了一下，但又想不到更好的辦法。於是，徵得小虎的同意後，龍龍一把抱起他，說：「無論如何，你一定要抱緊我喔！」便小心翼翼地一個階梯一個階梯地下樓。

好不容易走到二樓轉一樓的平台，小虎說：「龍龍，我好像快要掉下去了！」

「喔！我現在才覺得你很重耶！不過，你放心啦……」龍龍邊說邊使勁把小虎往上抱；想不到，不小心一個踉蹌，兩個人就滾下階梯了。

小虎雙手緊緊圈住龍龍的脖子，龍龍的雙手也是緊緊環抱住小虎的身體；這一滾，並沒把他們分開，反而令兩人更加緊抱在一起了。

好在當時已經接近一樓地面了，兩人除了喊痛，看不出來有什麼明顯外傷；但校方仍不敢掉以輕心，趕緊叫來救護車送他們去醫院。

接到學校的通知，龍龍的媽媽飛快趕到了醫院。龍龍正在等候照X光，媽媽見他沒什麼大礙，一顆懸著的心才稍稍放下，卻又忍不住責備：「不是叫你不要雞婆嗎？萬一有個什麼閃失，那還得了！」

「……像那個不小心把玻璃娃娃摔死的孩子，還被法官判決要賠好幾百萬呢！」

「……這年頭啊，把自己顧好就好了，別人的事少管！」

龍龍說：「媽！如果我是小虎，妳會希望我的同學都不理我嗎？」

聽了龍龍的話，媽媽一時之間不知該怎麼回答才好。

檢查之後，確定兩人都只受到輕微挫傷。小虎和媽媽來向龍龍道謝，小虎拉起龍龍的手，微笑著說：「還好是你抱住我，我才沒受傷！我沒事啦，謝謝你。」

小虎媽媽很感激，也握著龍龍媽媽的手說：「感恩喔！好在龍龍沒事，不然我不知道怎麼對妳交代？龍龍眞是一個有愛心的孩子，我們家小虎，以後還需要他多多照顧呢！」

【給小朋友的貼心話】

小朋友，鬧得沸沸揚揚的「玻璃娃娃」事件，讓許多人對「助人」這件事產生了各種疑慮。你有什麼看法呢？

不懼「前車之鑑」，龍龍依然付出愛心幫助小虎；雖然出了意外，小虎和媽媽依然感謝龍龍的善行。他們所表現的態度，讓你感覺如何呢？你有沒有更好的想法可以幫助小虎呢？

貝比熊的蜂蜜罐子

◎林哲璋

貝比熊住在小熊森林裡。這兒的每一隻熊身上都揹著一個小罐子，裡頭裝著蜂蜜；大熊們彼此打招呼的方式就是送給對方一勺蜂蜜。

「早安！您今天看起來神輕氣爽，氣色眞好！若不嫌棄，這些蜂蜜送您！」

大熊見了小熊，也會給他們一些蜂蜜；貝比熊的爸爸、媽媽、爺爺、奶奶、叔叔、阿姨、鄰居、老師就常常送蜂蜜給貝比熊。

「貝比熊，你眞是可愛，越來越乖巧懂事了。來，這一勺蜂蜜給你。」

貝比熊的哥哥、姊姊遇到貝比熊，也會從罐子裡，舀出一些蜂蜜送他。

「貝比熊，這些蜂蜜給你。你眞是一個好弟弟！」

所以，貝比熊的蜂蜜罐子永遠都是滿滿的。

每天，貝比熊的蜂蜜還來不及吃，

就又收到新的蜂蜜，所以貝比熊的罐子每天都滿出來。有吃不完的蜂蜜固然很好，但是罐子總裝不下這些蜂蜜，還眞令貝比熊煩惱。

有一天，貝比熊到小熊森林的小草原上玩，在路上見到一群小熊正圍著一隻髒髒的小灰熊。他們笑髒小熊的毛髮又髒又糾結在一起，一塊塊沾滿了不同顏色的泥巴，就像衣服上的補丁一樣，就取了個「補丁熊」的綽號譏笑他；他們還要搶補丁熊的蜂蜜罐子，但是補丁熊不肯給，雙方便拉扯成一團。

貝比熊勸開他們之後，問其他的小熊爲什麼要欺負補丁熊。

小熊們說：「住在小熊森林裡的熊，都用蜂蜜打招呼，但是補丁熊從來沒有給過蜂蜜。」

補丁熊大聲地說：「爲什麼要給你們蜂蜜？我討厭你們，我才不會給你們蜂蜜呢！」

小熊們聽了非常生氣，異口同聲地說補丁熊沒禮貌、又小氣，不應該住在小熊森林裡，他們要把補丁熊趕出森林！

貝比熊問他們：「那麼，你們給過補丁熊蜂蜜嗎？」

小熊們說：「補丁熊那麼髒，又不懂禮貌，從來不給蜂蜜，我們才不要給他蜂蜜呢！」

「原來，你們都沒給過補丁熊蜂蜜，卻要補丁熊先給你們蜂蜜啊！

無論如何，就算人家不給你們，你們也不該用搶的！」

貝比熊轉過身對著補丁熊說：「我有好多蜂蜜，都是我的親戚和好朋友給我的，我的罐子都裝不下了，我給你一些蜂蜜好不好？」

補丁熊愣住了。雖然他住在小熊森林裡，可是他的爸爸媽媽在他剛出生時就被獵人射殺了。從小他就沒有父母、親戚、朋友，也沒有別的熊會給他蜂蜜，他的蜂蜜都是自己去採的，每次只能採到一點點，連當早餐都不夠——況且有時候還採不到，他的蜂蜜罐子永遠都是空空的，所以根本不可能有多餘的蜂蜜用來打招呼。

「你要送給我蜂蜜？」補丁熊喃喃地說：「謝謝你！可是……可是

我沒有蜂蜜可以回送給你……」

「沒關係啦，」貝比熊說：「我每天都收到許多蜂蜜，用都用不完呢！」

當貝比熊舀起自己罐子裡的蜂蜜給補丁熊時，他發現補丁熊的罐子竟然是空的，剛剛欺負補丁熊的小熊們也發現了。小熊們覺得誤會了補丁熊，很不好意思，一齊向他道歉：「對不起，補丁熊，我們剛剛誤會你了。」他們紛紛舀了蜂蜜送給補丁熊。

不一會兒，補丁熊的蜂蜜罐子就半滿了。

補丁熊眼中泛著淚光說：「謝謝你們！對不起，我從來沒有給過你們蜂蜜。其實我覺得你們都好棒，很久以前我就想和你們做朋友，一起玩遊戲。對了，現在我已經有好多蜂蜜了，我也給你們一些！」

貝比熊和其他小熊都說不用了；雖然大家都舀給補丁熊一勺蜂蜜，可是補丁熊的蜂蜜還是比其他小熊少得多。

「不！小熊森林裡的熊，見面時都會彼此贈送蜂蜜，這是禮貌！以前我是因爲沒有多餘的蜂蜜，所以沒辦法送給大家；現在我有了蜂蜜，應該給你們一些，因爲你們是我的朋友啊！」補丁熊說。

大家都勸補丁熊把蜂蜜留下，因爲補丁熊的蜂蜜實在不多。

補丁熊卻仍然堅持：「你們別客氣，因爲這些已經夠我吃好久了！

貝比熊，請你教我怎麼舀蜂蜜好嗎？我從來沒有舀過，是不是像這樣？」

從未拿過勺子的補丁熊，差點把蜂蜜灑了出來，貝比熊連忙教他。補丁熊舀給了每隻小熊一點。雖然補丁熊舀給大家的不多，可是大家都不計較；因爲，如果他們罐子裡的蜂蜜和補丁熊一樣少，他們才捨不得舀給別的小熊呢！

貝比熊的蜂蜜罐子從來都是滿的，他也不曉得，如果他只擁有和補丁熊一樣少的蜂蜜，他捨不捨得送給別的小熊？但是他知道，從今以後再也不必擔心蜂蜜罐子太滿了，因爲補丁熊已經教了他最好的解決方法……

小熊們邀請補丁熊一齊去小草原玩。在路上，補丁熊還舀給兔寶寶一勺蜂蜜呢！

「你好！兔寶寶，你的紅眼睛真是漂亮！」補丁熊握著兔寶寶的前腳說。

貝比熊覺得補丁熊根本不是小氣、沒禮貌的熊，只要大家願意給他一些蜂蜜，他比所有的熊都還大方、有禮貌，更像一隻小熊森林裡的熊呢！

現在的補丁熊已經非常習慣用蜂蜜打招呼了，對方也會回饋補丁熊更多的蜂蜜；但補丁熊的蜂蜜罐子從來沒有滿過，因爲他送愈來愈多的蜂蜜出去。不只是熊，連其他的小動物都嘗過補丁熊甜蜜的問候。

喔！對了，小熊森林的動物後來都不叫他補丁熊了。大家現在都叫他「布丁熊」，這是經常品嘗到蜂蜜的小黃鶯、小松鼠一齊幫他取的綽號；他們說，每次見到補丁熊，就會想起人見人愛又甜美的「蜂蜜布丁」！

【給小朋友的貼心話】

小朋友，當你見到親人、老師、同學時，有沒有熱情地打招呼呢？有沒有親切地對待你所遇到的每個人呢？（記得三句口訣：請、謝謝、對不起！）

當人家感受到你真誠的善意，你也會收到溫馨、甜美的笑容喔！

水獺媽媽的小樹

◎林哲璋

小熊森林裡有一個大湖泊，湖面上有個大水壩，那是水獺們居住的地方，大家都稱那兒是水獺村。

水獺村裡有位水獺媽媽，她的兒女都長大離家了；她閒來無事，便照顧著岸邊的一株小樹苗。

小樹苗的樹幹圓圓的，但是樹枝兒尖尖的；想倚靠著小樹休息的小動物們常常被扎到，想要爬上小樹玩的小水獺們，也常常被刺得哇哇大叫哭著回家。其他的水獺總是向水獺媽媽抱怨，小樹長在那兒太危險了，他們建議水獺媽媽乾脆將小樹拿來建水壩好了。

水獺媽媽沒說什麼，只是默默地在小樹的周圍種上一朵朵美麗的花兒。她想，小動物們怕踩到漂亮的花，便不會衝動地跑來靠在小樹身上；小水獺們怕壓到可愛的花，便不敢在小樹身上跳上跳下，這樣他們就不會受傷了。

水獺媽媽從來不曾因爲小樹身上的刺而埋怨他，她每天還是一樣地唱歌給小樹聽，幫小樹澆水，梳理小樹的樹葉。她還用牙齒在一張樹皮上刻畫著小樹的樣子，天天帶在身上。

就這樣，過了一天又一天，一年又一年……

小樹周圍的花愈開愈多，變成了一座大花園。

而小樹……喔，不，現在應該稱呼他為「大樹」了，他的樹枝上不知道什麼時候掛滿了鞦韆，樹枝上爬滿了許多玩著遊戲的小動物，水獺村的水獺們則愛在樹下乘涼及野餐。

那天，水獺媽媽在水獺村的水壩上幫忙，隔壁的水獺大嬸對水獺媽媽說：「想不到你們家小樹長大後變了這麼多。」

水獺媽媽微微笑著，拿出身上的小樹畫像——畫像中圓圓樹幹、尖尖樹枝的小樹和遠遠岸邊的「大樹」身影一模一樣。她對水獺大嬸說：

「小樹沒變，只是從前妳們沒看出他現在的模樣罷了！」

【給小朋友的貼心話】

小朋友知道嗎？爸爸媽媽跟你一樣，也曾經是小孩子喔！他們也是被大人們照顧、愛護，才長成現在的大人模樣呢！

現在，他們也開始包容著你的調皮及哭鬧，小心地呵護著你；因為他們知道，你也會慢慢長大，成為一棵高大強壯、可以讓人乘涼的大樹。小朋友，你也要努力長大喔！

學舌的鸚鵡寶寶

◎林哲璋

小熊森林裡，有一對熊族新郎和新娘要結婚了！

婚禮是由森林長老貓頭鷹爺爺到場主持。按照傳統，主持人應該贈送這對新人一個月桂樹枝及各色花朵編成的心形花圈，做爲「心心相印」的證明；可是，貓頭鷹爺爺因爲忙著照顧鄰居鸚鵡先生託付的鸚鵡寶寶，竟然忘記製作「愛心」了。他向大家連聲抱歉，不好意思地問大家可不可以明天再舉行一次婚禮。

森林裡的熊族居民們體諒貓頭鷹爺爺的忙碌，答應他明天再來參加婚禮。

離開前，貓頭鷹爺爺有些擔心地問新郎、新娘：「那麼，你們明天還會愛對方嗎？」

新郎、新娘異口同聲地回答：「當然！永遠都愛！」

爺爺笑著說：「好！那我就放心了。請大家等我一天，我現在就回去編製愛心！」

貓頭鷹爺爺做箭時不能分心，便拜託熱心的貝比熊幫忙照顧鸚鵡寶寶。

幫忙收拾好桌椅，貝比熊抱著鸚鵡寶寶跟著爸媽回家。回到家裡，媽媽覺得有點累，便先去沖澡。沒多久，她卻臉色難看地從浴室出來，氣沖沖地對坐在沙發上看報的爸爸說：「我已經提醒你多少次了，牙膏要從後面擠！你是故意惹我生氣嗎？」

「我怎麼會是故意的嘛！」爸爸不高興地說：「早上剛睡醒，腦袋迷迷糊糊的，怎麼會記得該由哪邊擠呀！」

貝比熊的爸媽就爲了牙膏開始吵架了！每次爸媽一吵架，貝比熊就不知該如何是好，只覺得心中非常難過。

就在爸媽誰也不理對方時，突然有聲音冒了出來：「那麼你們明天還會愛對方嗎？」

因爲小熊森林的熊族居民從來不說謊，而且有人請教時，一定要很有禮貌地回答。貝比熊的爸媽只好無奈地說：「會！永遠都會！」說完，熊爸爸和熊媽媽四目相對地笑了出來，親密地擁抱在一起了。

到底是誰在說話呢？那句話好像是貓頭鷹爺爺說的，但他不是趕回家做愛心了嗎？

忽然，又有人說了一句：「那麼你們明天還會愛對方嗎？」三對目光馬上射向貝比熊懷裡。原來，剛剛說話的是貝比熊懷裡的鸚鵡寶寶！只見他啄著翅膀，一副無辜的樣子。

貝比熊的爸爸、媽媽和好了，他們拿出了一大碗蜂蜜點心，要貝比熊拿上樓和哥哥、姊姊一齊吃。

貝比熊抱著點心和鸚鵡寶寶上樓，一上去便聽見書房裡傳出了吵架聲。

「那個娃娃是我的！」貝比熊的姊姊大叫。

「借看一下有什麼關係！」貝比熊的哥哥也大聲吼著。

「不行！還給我！」

「小氣鬼！我偏不還！」

原來，貝比熊的哥哥姊姊爲了一個玩具娃娃吵了起來。他們一旦吵起架來，連平常最喜歡的蜂蜜點心都視而不見了呢！

突然間，被吵鬧聲驚嚇到的鸚鵡寶寶又說話了：「那麼你們明天還會愛對方嗎？」

嘟著嘴彼此不理對方的熊哥哥和熊姊姊，低頭想了一會兒；結果兩個不約而同地說：「會啊！」

鸚鵡寶寶又問了一次，熊哥哥和熊姊姊還是說：「會！」看著對方，他們不禁笑了出來。熊哥哥說：「如果我明天還會愛妹妹，那今天和妹妹生氣吵架，不是很無聊嗎？」哥哥便把娃娃還給了妹妹，妹妹也大方地要將娃娃借給哥哥。他們開心地和貝比熊一起坐下來吃蜂蜜點心，小鸚鵡也分到了一杯。

第二天，迷糊的貓頭鷹爺爺將愛心花圈帶來了。新郎和新娘完成婚禮，便出發去度蜜月，鸚鵡寶寶也跟著貓頭鷹爺爺回家。

可是，森林裡卻出現了更大隻的「鸚鵡寶寶」——貝比熊！每當他看見有熊先生、熊太太、熊哥哥、熊弟弟、熊姊姊、熊妹妹或者是好朋友們在吵架時，他就會情不自禁地學鸚鵡寶寶說話：「那麼你們明天還會愛對方嗎？」

在大家都不說謊的小熊森林裡，無論是吵架的夫妻、兄弟姊妹或是朋友，一旦被貝比熊問到「你們明天還會愛對方嗎」的時候，沒有一個例外的，大家總是點頭說：「會！明天還是會愛著對方！」

【給小朋友的貼心話】

小朋友，你跟爸媽、兄弟姊妹或是同學吵過架嗎？若是吵過，生氣的感覺怎麼樣？之後是怎麼和好的呢？

吵架或許可以發洩心裡的不愉快，但更會傷害了疼愛你及你所喜歡的人。下次遇到意見不同的時候，試試心平氣和地跟對方討論看看吧！

愛唱歌的公雞先生

◎林哲瑋

小熊森林的太陽公公，幾乎每天都會被公雞先生嚇醒。

「失火了嗎？」太陽公公驚慌地問。當他發現公雞先生正「咕——咕……」地叫大家起床時，臉頰不禁發燙，而且越來越亮、越來越熱。

只有當公雞先生身體不舒服，請黃鶯小姐代班的時候，太陽公公才能在黃鶯小姐的美妙歌聲裡多睡一會兒。

小熊森林裡的居民都知道，公雞先生很想成為一位演唱家。雖然公雞先生受到大家敬愛，但是一提到他的歌喉，大家總是搖搖頭說：「黃鶯小姐唱的歌才叫音樂，公雞先生的嗓子差太多了啦！」

每當公雞先生遇見貝比熊，總會拉著貝比熊談他的抱負與理想：「將來，我一定要登上舞台演唱！就算一生只有一次，我也心滿意足！」

貝比熊安慰公雞先生，並且分了一些蜂蜜給公雞先生保養喉嚨：「我爺爺說：『每個森林子民都有屬於他自己的生命之歌』。公雞先生，我想有朝一日您一定會找到適合您的舞台！」

公雞先生把每天早晨的工作當成發音練習；因為他只有在工作時練

習，「歌聲」才不會被大家抱怨。他一點也不覺得辛苦，每天都過得很快樂，他相信貝比熊所說的：總有一天，他會找到自己的生命之歌。

有一天，一位由南極來的企鵝指揮家路經小熊森林，借住在貝比熊家。隔天一大早，他聽見了公雞先生破鑼般的嗓音，驚奇地由床上跳了起來，大叫：「就是這個聲音！就是這個聲音！我找遍整個地球，就是要找這樣的聲音！」

企鵝指揮家連睡衣都沒換，連忙請貝比熊帶他去拜訪公雞先生。他央求公雞先生加入他的樂團。

這是怎麼回事呢？貝比熊覺得奇怪，連公雞先生自己也覺得不可思議：「您是不是找錯人了？企鵝先生，黃鶯小姐是住在隔壁那棵樹上呀！」

「不！不！不！我的樂團已經有太多黃鶯歌手了，我要找的就是你，沒錯！」

原來，鱷魚國的國王

爲了扭轉子民們粗魯無禮的形象，也爲了提昇鱷魚國民的氣質，便重金禮聘企鵝指揮家，希望用音樂來薰陶鱷魚國的子民，使他們能有優雅的談吐、舉止和氣質。

然而，每次鱷魚國民在音樂會裡聆聽音樂時，總會被優美輕柔的旋律催眠，不知不覺地呼呼入睡。企鵝指揮家爲此新作了一首「驚鱷」交響曲，在樂曲中加入了能令聽眾「清醒」的特殊效果。企鵝先生認爲，只有公雞先生才能唱出他要的感覺。

於是，公雞先生實現了夢想，登上了表演舞台。

新樂曲在鱷魚國的巡迴公演非常成功，主唱者公雞先生的名聲更傳回了小熊森林。有許多音樂評論家對於公雞先生的嗓音大爲讚賞，他們這麼描述：「當曲子進入第二樂章，公雞先生那響徹雲霄的嘹亮嗓音，令台下數以萬計的鱷魚們感動得從椅子上彈了起來！每隻鱷魚都用雙手揉著眼睛，深怕感動的淚水會忍不住奪眶而出……」

公演結束後，公雞先生回到小熊森林，受到大家熱烈歡迎。一方面是因爲他爲小熊森林爭光；一方面是因爲，在黃鶯小姐代班的日子裡，大家總是睡到中午才起床，來不及吃早餐，因而身體都變差了。大家都希望繼續由公雞先生擔任喚醒大家的工作。

光榮返鄉的公雞先生，首先拜訪了貝比熊和他的爺爺。除了分享巡迴公演的點點滴滴外，也感謝貝比熊告訴他有關「生命之歌」的事。

雖然公演結束了，但是幸運的小熊森林居民們，每天不用買票就可以聽見公雞先生高聲吟唱他的生命之歌；他們也都能準時起床吃早餐，讓身體愈來愈健康。

【給小朋友的貼心話】

小朋友，每個人都是獨一無二的，都可以為家人、朋友、乃至於整個社會貢獻自己的力量——就算從馬路上撿起一張紙屑也是喔！

不要小看自己，大聲唱出自己的「生命之歌」吧！

喜歡分享的榕樹姑娘

◎林哲璋

小熊森林裡有個地方叫做水蛙潭，水蛙潭裡有間大冠鷲學校，大冠鷲學校的中庭裡有三棵大榕樹，學生將她們分別取名爲「辮子姑娘」、「馬尾姑娘」以及「爆炸頭姑娘」。

「辮子姑娘」的年紀最長，身材也最高大，身上可以掛兩個輪胎鞦韆。

「馬尾姑娘」排行第二，她身上只掛了一個輪胎鞦韆。

最年輕的「爆炸頭姑娘」身上沒掛鞦韆，只留了個樹葉蓬鬆的爆炸頭。

如果你仔細觀察，你會發現一件奇怪的事：「辮子姑娘」和其他兩棵榕樹有點不一樣，她的樹底下竟然沒有任何小草或植物，只是孤單地站在那一塊土地上。

原來，辮子姑娘從不願意將「太陽公公的熱情與光明」以及「雲婆婆灑下的甘美雨露」與其他植物分享。開朗的馬尾姑娘和爆炸頭姑娘，則非常樂意與其他植物一同享用珍貴的陽光和雨水；雖然，根據自然界的法則，她們並沒有義務與其他植物分享溫暖的陽光及好喝的雨水。

辮子姑娘常常倚老賣老地告誡馬尾姑娘和爆炸頭姑娘：「妳們沒有義務放棄自己的權利！不需要將陽光和雨水分享出去呀！」

「我們知道！」馬尾姑娘和爆炸頭姑娘互相看了一眼，笑著說：「我們喜歡和大家分享，也喜歡照顧比我們弱小的植物。雖然表面上我們付出了一些東西，可是得到的反而更多。舉個例吧，小草小花們回饋給我們的友誼，就是一種珍貴無比的魔法，可以趕走像沙漠般乾枯的孤獨和寂寞，帶給我們喜悅。」

聽了她們的話，辮子姑娘覺得有些心動；雖然她常獨自吸飽了雨水，寂寞卻讓她的心越來越枯萎了。於是，她試著撥開自己的葉子頭髮，分出一些陽光給土裡的小種子；也悄悄張開自己的樹枝，灑下一些雨滴給地上乾枯的小幼苗。

不久，辮子姑娘腳下沙漠般的土地，竟長出了小芽，小芽漸漸長成了小草和小花。小草、小花身上的昆蟲樂隊和辮子姑娘身上的鳥類樂隊，開始合奏起辮子姑娘從未聽過的美妙樂曲；加上草兒及花兒迎風搖曳的曼妙舞姿，讓不喜歡熱鬧的孤獨和寂寞悄悄地離開了辮子姑娘。

現在，如果你去拜訪小熊森林，請注意聽；你會聽到小草與小花沙沙作響地吟詠著：「辮子姑娘、馬尾姑娘、爆炸頭姑娘，三位溫柔仁慈的榕樹姑娘，妳們是我生命的陽光……」

【給小朋友的貼心話】

小朋友，你曾經將自己喜歡吃的東西、喜歡玩的玩具，跟朋友一起吃、一起玩嗎？自己吃、自己玩或許很快樂，你也可以試試跟好朋友分享，看看是不是會笑得更開心！

牛蛙的安眠曲

◎林哲璋

小熊森林的水蛙潭幼稚園裡，有一班剛由蝌蚪蛻化成的小青蛙。小青蛙每天愛睡午覺，但是鳥兒們整天「吱吱喳喳、嘰嘰呱呱」吵個不停！

好心的牛蛙學長，想了個好辦法：每當中午，他便帶著一隻大喇叭到操場練習；洪亮的喇叭聲，將鳥兒嚇得呱呱亂叫，急忙飛走，不再打擾大家。

牛蛙的方法眞有效，鳥兒每天中午都害怕得飛走了；然而，卻沒有青蛙感謝牛蛙，因爲小青蛙們還是睡不著。

討厭的噪音原本是「吱吱喳喳、嘰嘰呱呱」，現在成了「滴滴答答、嗶嗶叭叭」！

「怎麼辦呢？」小青蛙們煩惱著：「牛蛙學長現在每天中午發出更大的噪音哪！我們根本不能睡覺嘛！」

於是，青蛙們派出一位代表去向牛蛙學長拜託，請他不要再演奏喇叭。

「哼！你們這些忘恩負義的傢伙！要不是我每天在這兒吹出美妙的旋律，你們怎能避免鳥兒發出的噪音！」牛蛙聽了小青蛙的話，顯得非常生氣。

「可是，小鳥們已經不再到學校來吵鬧了，牛蛙學長您是否可以稍微休息一下，不必每天中午便忙著演奏樂曲呢？」

「喔……原來你們想過河拆橋啊！我的音樂幫了你們大忙，你們還不讓我演奏，實在太過分了！我是不會停止的！」

牛蛙的堅持讓青蛙們很煩惱，何時他們才能好好睡個午覺呢？

青蛙們聚在荷葉上想辦法；他們望著池面下的倒影，一片安靜地用力思考著。最聰明的小樹蛙冷不防大叫了一聲：「有了！我有辦法了。就像水裡的倒影一樣，我們無法讓影子消失，卻可以讓影子做我們想做的動作呀！以前，我們請求噪音去消滅噪音是錯誤的，那何不試試用安靜去產生安靜呢？」

並不是每隻青蛙都了解小樹蛙的意思，於是他們派小樹蛙去跟牛蛙學長交涉。

「牛蛙學長，我們想過了，在午睡時間我們也需要一些音樂唷！我們大家決定要請您在午睡時間爲我們演奏一些安眠曲！」

「眞的嗎？」牛蛙對於青蛙們肯定他的才藝感到非常興奮。

「當然囉！牛蛙學長，我們希望您能以『寧靜』爲主題爲我們演奏。」

「沒問題！」牛蛙拍胸保證。

第二天中午，牛蛙的喇叭吹出了沒人聽得見的樂音；舒服地睡飽午覺的青蛙們，紛紛給了牛蛙最熱烈的掌聲！

【給小朋友的貼心話】

小朋友，雖然有才藝是件很好的事情，不過要注意，避免在展現你的才藝或能力時，去打擾到別人喔！（像是在深夜彈琴、或在別人家牆壁塗鴉等……）

你覺得小樹蛙的方法聰不聰明？想想看，你有沒有更好的辦法呢？

地獄婆婆的黑瓦屋

◎原靜敏

八十五歲的地獄婆婆，有一棟緊鄰公墓的瓦屋；據說，實際的屋齡比地獄婆婆還要老。

屋頂上，經過風吹雨打的瓦片，層層都是墨黑色的苔痕；遠遠看去，沒有比黑瓦屋更恰當的形容了。

地獄婆婆可不是童話中那個把自己關在花園的巨人——因爲害怕孤單、寂寞，所以不敢讓純真的孩子接近。地獄婆婆的熱情，比《西遊記》

裡的「火焰山」還要熾熱；到過黑瓦屋作客的孩子，都會收到一份叫作「熱情」的禮物。

地獄婆婆慷慨大方，經常拿出自製的麥芽糖請小孩子吃；對於電力資源，卻一點兒也不肯浪費。

「離開房間，要隨手關燈。省電就是省錢、省能源……」喜歡在地獄婆婆家打轉的孩子，沒有人不知道她的省電標語。

沒有親人的地獄婆婆，只在縫衣服時，把靠近衣服的小燈泡點亮，其他房間總是漆黑一片。

地獄婆婆睡午覺、或是到園裡採檳榔時，孩子們就會奔相走告，偷

偷地鑽到敞開的黑瓦屋，查訪傳說中的鬼魂。

緊張、害怕又興奮，是這群孩子喜愛探險的心；大家都期待出現一些蜘蛛絲馬跡，滿足自己的好奇。

小娟說她真的瞧過黑瓦屋裡的鬼。

黑瓦屋裡的鬼，蓄了一頭長髮，看不見臉。

黑瓦屋鬼，坐在祖母鏡臺前，拿梳子來回梳著頭顱長出的髮絲；長出髮絲的頭顱，還會抽了筋似地左右搖晃。

看到黑瓦屋鬼梳頭的樣子，嚇得小娟拔腿就逃，汗濕了一身。

小馬也看過小娟看過的黑瓦屋鬼。他說黑瓦屋鬼挺愛美，居然敢穿祖母級的花旗袍，在鏡子前晃呀晃。

「黑瓦屋鬼一定是地獄婆婆的看家鬼！」孩子們異口同聲地說。

繼小娟、小馬描述的黑瓦屋鬼之後，又出現了不同的版本；有留鬍子的、扛獵槍的，還有戴斗笠的，甚至出現「科學小飛俠」裡的「惡魔黨」。各式各樣、奇奇怪怪的鬼，愈來愈複雜；孩子們爲了鬼的長相不一致，從嘰哩呱啦的辯論，演變成吵得戰火連天。最後，他們決定不再到黑瓦屋了，鬼的傳說才告一段落。

「黑瓦屋鬼」的傳言傳到地獄婆婆的耳朵，那是很久很久以後的事了。

「哪兒來的鬼？我只不過是爲了省電，把反光雨衣掛在鏡子前，卻被說成見鬼了。你們的想像力眞豐富啊！」地獄婆婆搖搖頭，「都是心裡有鬼、都是心裡有鬼！」

【給小朋友的貼心話】

小朋友，你的學校或住的地方有沒有流傳著各種奇怪又嚇人的「鬼故事」呢？這些故事有些是地方上的傳說，有些是大人為了讓小孩子遠離危險的地方編出來的，有些則是像「黑瓦屋鬼」一般，只是錯覺所造成的。你身邊還有哪些因錯覺而發生的笑話呢？對於生活裡不明白的事物應該小心求證，不要自己嚇自己喔！

安安的溫泉之旅

◎林茵

在清澈明亮的小溪中，居住著小蝦安安和他的媽媽，還有安安的好朋友莉莉；他們住在小小的清泉巷裡。

安安很喜歡自己的家，他和莉莉總是在巷口的柔軟綠藻間玩耍。出了巷口右轉，有一塊大岩石，那兒也是安安和莉莉常去的地方。他們會在石縫中玩躲貓貓，也會在石壁上溜滑梯，或是練習「彈跳」——把身體拱起來，往上跳躍，再落回水面。

有時候，蝌蚪家族也會來湊熱鬧，大家在綠藻和石縫中游進游出，熱鬧極了。

但是，連續幾天，安安突然變得很安靜；他不再去綠藻間，也不再去大岩石玩，只是呆呆地望著水面。

安安問媽媽：「什麼是『溫泉』？」

「溫泉？」

「對啊！我前幾天去大岩石玩，聽到人類的對話。他們說，這麼冷的天氣，如果能夠泡在溫泉裡，不知道該有多好！」安安說。

媽媽聽了嚇一跳，說：「乖孩子，媽媽不知道什麼是『溫泉』；我想，一定不是什麼好東西。」安安聽了好失望，他無精打采地游出家門，遇到來找他的莉莉。

莉莉帶著安安去請教大家。

首先見到的是蝦博士古怪先生。

戴著一副綠金屬框眼鏡的古怪先生聽完安安的問題，透過圓圓的鏡片看了看安安和莉莉，然後搖搖頭說不知道。「不過，你們可以去問螃蟹希奇，他到過岸上不少地方。」

於是，莉莉和安安一起去拜訪螃蟹希奇。可是希奇先生也不知道，要他們去請教住在沼澤地的青蛙呱先生。

莉莉覺得已經出門太久了，要安安改天再去；可是安安不肯，莉莉只好自己先游回去。她向安安告別：「再見，我先回去了，你要注意安全哦！」

安安繼續前進。他在路上遇到一群蜻蜓，他們總算知道溫泉的事了：

「我們從石礫村來，那兒有『溫泉』。」

一隻叫做巧巧的蜻蜓說：

「順著溪流往上，穿過一片水草，會遇到分岔路，記得走右邊那一條。接下來，石頭會越來越大，岸邊長滿像羽毛一樣的植物，還有一些黃黃的東西掛在石頭上。遠遠看到冒著白煙的地方，那就是溫泉了。」

安安興奮極了，他繼續向前游。

天色越來越暗，安安咬緊牙關努力游，終於看到巧巧所說的「冒著白煙的地方」。

安安花了好大的力氣，才跳進溫泉裡。

「哎喲，好熱！」安安發現溫泉一點也不舒服，他渾身熱烘烘的，好想睡覺……

忽然，媽媽的笑容浮現在安安眼前。他告訴自己：「我一定要離開這裡。」便用力往上彈跳，跳到旁邊的大岩石上，再用力跳回溪流中。

這時候，電光一閃，轟隆一聲，突然下起了大雨。

轟隆轟隆的聲音一直響，嘩啦嘩啦的雨水一直落，安安的身體漸漸涼快，力氣也慢慢恢復了。他順著滿滿的水往回家的路上游去。

不知道過了多久，雨停

了，滿天星星也出來了。安安游著游著，眼前忽然看見奇怪的東西：

「咦？怎麼前面會有星星在動？」

原來，像星星的螢火蟲正帶著大家一起出來找他；莉莉、古怪博士、希奇先生，還有蜻蜓巧巧，最後面的是安安熟悉的臉——媽媽。

安安害羞地說：「對不起，讓大家擔心了，下次我不會再亂跑了。」

大家一聽，都放心地笑了。

【給小朋友的貼心話】

小朋友，你有沒有自己或跟朋友一起去探險的經驗呢？勇敢地去探索未知的事物或地方雖然很好，可是，要注意自己的安全，並讓父母或大人們知道你們的去處，不要讓大家為你們擔心喔！

蜘蛛阿必的水晶網

◎林茵

早晨的太陽剛爬上東邊天空，蝴蝶阿亞就在花朵間忙碌著；她在玫瑰花上停留了一陣子，又飛到杜鵑花上。這時候，另一隻蝴蝶小蜜也來了。

她們一隻在前一隻在後，一邊吸花蜜，一邊遊戲追逐著。

太陽把一束束淡金色的光線從樹葉間隙灑進樹林裡，阿亞忽然看到林子裡掛著一張亮晶晶的東西。她好奇地靠近一看，發現是張由銀白色細線編織而成的細密網子，上面點綴著無數顆露珠，在太陽光照射下發出晶瑩的光芒，好像鑽石一般。

阿亞在網子前停住了，她忍不住說：「好美麗的鑽石網子啊！不知道是誰掛在這裡的？」阿亞大聲問道：「請問是誰的網子？我可以上去玩一下嗎？」小蜜也飛了過來，「請問掛在這裡的美麗網子是誰的？」她和阿亞一起叫喚著。

一隻叫做阿森的綠金龜子聽到了她們的喊叫聲，便好奇地飛過來，和她們一起叫喚：「請問是誰的鑽石網子？可以讓我們上去玩一下嗎？我們會很小心，不會把網子弄壞的。」

阿亞、小蜜和阿森雖然很想到網子上面玩耍，不過，他們還是耐心地等待網子的主人出現。

過了好久，終於有一個聲音從茂密的樹葉背後傳了過來：

「咳咳……是我，這張網子是我的！」樹葉後走出一隻棕色的大蜘蛛。蜘蛛先生說：「我叫做阿必，我住在這座樹林裡好幾個月了，還沒看過像你們這麼有禮貌的小朋友。」

阿亞說：「我知道沒有經過主人的同意就隨便使用東西，是很不禮貌的行爲。」小蜜也點點頭。

阿必先生自言自語：「嗯……這麼有禮貌的小朋友，還是不要抓來做我的點心吧！」

他告訴他們：「老實說，我的美麗網子不是用來玩的，而是用來捕捉小昆蟲用的。」阿亞、小蜜和阿森嚇了一跳，阿必先生繼續說道：「但是，看你們這麼有禮貌，我就破例不捉你們了。」

阿必先生還告訴他們，這張鑽石網子上面的黏液會黏住網子上面的小昆蟲。阿亞、小蜜和阿森覺得好可惜，他們好想在網子上玩一下，但是阿必先生只會編織這種讓人動彈不得的網子。

看到他們這麼失望，蜘蛛阿必決定幫他們編織一張不會黏的新網子。

於是，阿亞和小蜜去找來一條條細絲線，阿森把絲線連接起來遞給阿必先生，阿必先生用嘴巴咬著絲線開始爬來爬去地編織。

黃昏時，網子完工了。但是時間已經很晚了，阿亞、小蜜便和阿森約定第二天再來玩。

第二天早晨，他們三個來到新網子前，看見上面掛滿著清晨的露珠，不禁讚嘆：「哇！好美的網子啊，像水晶一樣閃閃發亮！」

從此以後，凡是碰到有禮貌的小昆蟲，阿必先生就會請他們到不會黏的水晶網子上面玩，他只吃沒經過同意就私自上鑽石網子的昆蟲。

在水晶網上的小昆蟲越來越有禮貌，他們會先把腳上的泥巴拍乾淨，還會說：「請你先上」、「謝謝」才上去；不小心撞到別人，也會主動道歉說：「對不起！」

由於大家很小心地愛護水晶網子，所以直到現在，這張水晶網還是亮晶晶地掛在樹林裡呢！

【給小朋友的貼心話】

小朋友，你有沒有到過同學家玩或去親戚朋友家裡做過客呢？有沒有搭過捷運、公車、火車等大眾交通工具或到一些公共場所參觀過呢？到這些地方，都要注意禮貌，才不會打擾到其他人而不受歡迎喔！

公主的婚禮

◎緣生

阿立國的公主要結婚了，這可說是阿立皇室的年度超級大事。

因爲，阿立國王一直很疼愛這位獨生女，他希望女兒的終生幸福能得到全國上下的祝福。因此，國王請大臣們集思廣益，打算爲女兒舉行一場盛大而隆重的世紀婚禮；但是他又怕勞民傷財，引起民眾抱怨。

「這該怎麼辦才好呢？」大臣們絞盡腦汁，終於想出一個讓國王感到滿意的儀式。

幾天後，王城附近都貼出了告示：「公主的婚禮，普天同慶，我王城人民請來同霑喜氣。想參加公主喜宴者，請備清酒一瓶，貼上祝賀人姓名。」

帶一瓶酒就可以進入宮廷，參加公主的喜宴，吃盡山珍海味，那真是求之不得的事。因此，婚禮當天，王城的民眾扶老攜幼，都來祝福公主。

依照阿立國的習俗，賓客帶來的酒，都要先倒進一個特製的大酒桶；等筵席開始時，賓客們再從酒桶舀酒喝。

筵席開始了，國王首先舉杯跟身邊的大臣敬酒。他先小啜了一口，大臣們也跟著喝了一口；嘗到酒的那一瞬間，每個人的眼睛都瞪得像銅鈴一樣大，國王的眉頭更皺了起來，婚禮的喜悅氣氛頓時消失無蹤。

「這是怎麼回事？這酒怎麼一點味道都沒有？」國王很不高興。

臣子們都面面相覷，不知道爲什麼會這樣。總理大臣自告奮勇地說：「請國王息怒，我這就派人去調查個水落石出。」

負責喜宴的大臣首先指出，宮廷準備的酒，是從酒窖拿出的陳年女兒紅，顏色與清酒不同，絕對沒有問題；問題應該出在民眾帶來的酒。

因此，總理大臣叫人先試喝民眾帶來而還沒有開罐的酒；結果，酒香撲鼻，非常香醇。

這時，財務大臣提出：問題會不會出在已經倒入大酒桶裡的酒？總理大臣立刻派人去調查；果然，很多人帶來的酒有問題。士兵們立刻逮捕了那些人。

「你們的酒瓶裡裝的是什麼東西？」總理大臣大聲咆哮。

「是酒呀！」大家異口同聲回答。

「胡說！」總理大臣拿出了他們帶來的酒瓶。

「大人饒命呀……」眾人知道不能再狡賴了，只好承認：「我們帶的是……是……水。」

「大膽！欺騙國王是死罪，統統拖出去斬了！」總理大臣的命令，當場把那些投機的民眾嚇得魂飛魄散。

「大人饒命呀……大人饒命呀……」他們不斷地哭喊求饒。

「你先說，爲什麼要這樣做？」大臣指著站在最前頭的打鐵師父，嚴厲地質問。

打鐵師父支支吾吾地說：「我……我以爲那麼多人帶酒來，我用水代替，絕對不可能被發現；這樣就可以省一瓶酒錢，賺一頓豐盛的晚餐……」

此話一出，大夥兒都異口同聲地回答：「我也是這樣想……」

「今天是公主的喜事，可以饒你們不死，但是要罰你們三天勞役。你們知錯嗎？」

眾人羞愧地低著頭說：「謝謝大人，我們知道錯了，以後再也不敢混水摸魚、貪小便宜了。」

【給小朋友的貼心話】

小朋友，你知道總理大臣是怎麼查出哪些人的酒瓶裡裝的不是酒嗎？

你曾經有「貪小便宜」、「投機取巧」以及「混水摸魚」的經驗嗎？可曾從中得到一些教訓呢？

掉進井裡的驢子

◎緣生

「咿……呀！咿……呀！咿……呀！」淒厲的哀嚎聲響徹雲霄。

老農夫知道出事了，趕忙衝出家門，在屋旁的枯井裡發現了聲音的來源。

「糟了！糟了！我……我的驢子掉入井裡了！拜託！快來救救我那可憐的驢子吧！」慌張的老農夫上氣不接下氣地呼喊著。

鄰居紛紛趕來幫忙；有的拿繩子、有的拿棍子、還有人拿梯子。只是，大夥兒不管怎麼努力，仍然不能把驢子救出來。

「咿……呀！咿……呀！咿……呀……」驢子依舊不斷地嚎叫。

烏雲也趕來看熱鬧，遮住了太陽，天空一下子暗了下來，像是黑夜已經來臨，讓大夥兒更是著急。

隔壁的王大嬸提議說：「這口井已經乾枯很久了，留著也沒有用，不如把它填平吧！」

李大媽接著說：「對呀！對呀！免得又有其它牲畜或是人掉下去。」

聽到鄰居議論紛紛，老農夫感到很難過；他不是捨不得把枯井填平，而是不忍心跟著自己十年的驢子被活埋了。

「淅瀝、嘩啦……」這時，天空開始下雨了。「老天爺！請您別再下雨，會把驢子給淹死的！」老農夫對著天空苦苦哀求。

可是，雨不但沒有停，反而愈下愈大；井裡的水，漸漸升高，淹過了驢蹄，又淹過了膝蓋。最後，老農夫不得不下決定把井填平。

村人紛紛拿來畚箕、圓鍬等等挖土的工具，冒雨填井。雖然就要把驢子給活埋，大夥兒還是小心翼翼，讓泥土一鏟一鏟地從井邊滑落，以免直接打在驢子身上，減輕驢子的皮肉痛苦。

「咿……呀！咿……呀！咿……呀！」眼看自己就要被活活埋葬，死在這口枯井裡，驢子非常害怕，哭得很傷心。

泥土一鏟鏟地落下，驢子的眼淚也一滴滴地流出來，任由泥土打在身上。

就在大夥兒賣力填土時，烏雲飄走了，太陽露臉了，雨也停了。

老農夫對著井裡喊道：「可憐的驢呀，我多麼希望你能活著出來，可是我卻沒有能力救你，一切都要靠你自己的造化了！」

泥土漸漸埋住了驢蹄，驢子本能地把腳舉起來，踏在泥土上，不讓泥土埋住腳蹄。左腳舉起了換右腳，前腳拔出了換後腳；一次又一次，不斷地往上踏；如此一來，像是把掉下來的泥土，當成了墊腳石。

村民看著驢子不但沒被埋葬，反而步步高升，漸漸接近井口，大家也跟著興奮起來，一起高喊：「驢子加油！驢子加油……」

當最後一鏟土鏟下後，驢子已經可以跳出這口井，保住了性命。村民都大聲歡呼：「驢子獲救了！驢子獲救了！」

老農夫很高興地說：「謝謝大家合力救了我的驢子！」

大家異口同聲地說：「是驢子救了自己啦！想不到，驢子還比我們聰明呢！」

眞的出乎大家預料！眼看沒有逃命機會的驢子，靠著堅強的求生意志，竟能利用原本是要埋葬牠的泥土，作爲救命的踏板，一步一步地從井底逃出來，救了自己一命。

【給小朋友的貼心話】

小朋友，當你碰到困難或危險時，你的心情如何？是容易氣餒呢，還是勇敢面對？想想看，你曾經有哪些將險境或逆境化為轉機的經驗？當你再遇到困難時，是不是能保持同樣的心情呢？

動物改造大會

◎緣生

動物們正要召開大會，討論怎麼把自己的種族變得更完美。牠們聚集在森林裡，請來人類世界有名的魔法阿嬤當主席，聽取大家的意見，然後幫助他們改正缺陷。

魔法阿嬤說：「我雖然可以幫助你們，可是要你們自己先說出自己哪裡有缺陷，我才能幫你們改變。現在有誰願意先說明自己種族的缺點？」

等了一分鐘，竟然沒有人願意先說。魔法阿嬤只好說出她的看法：

「我們人類有句俗諺『癩蛤蟆想吃天鵝肉』，我們就先請癩蛤蟆上台，說說自己的看法吧！」

癩蛤蟆一上台就說：「人類根本不瞭解我們。我們每天除了抓幾隻蟲子來吃，就是悠閒地唱唱歌，放送響亮渾厚的歌聲，我想不出有什麼不好。最難看的應該是大象吧！鼻子那麼長，尾巴那麼短，一點對稱的美感都沒有；而且它的身體超級粗壯，完全沒有腰身，應該第一個接受改造。」

被點名的大象很不服氣地抗議：「身體粗壯，有粗壯的作用和美感；不然，都像瘦皮猴那樣，四肢瘦巴巴、全身毛茸茸的，難看死了。」

猴子趕緊跳出來爲自己辯解：「如果我們有那麼醜，人類會形容我們是『美猴王』嗎？而且，人類的選美大會選出來的美女，也都是瘦瘦高高的。我覺得松鼠才是全身毛茸茸的怪物呢！」

猴子才說完，松鼠就急忙反駁：「我在樹上跑的時候，樹下如果有人類聚集，他們都會大聲嚷嚷地說：『快來看呀！好可愛的松鼠喔！』所以，我的美可不是自己說的。在我的眼裡，黑熊最醜；全身烏漆抹黑不說，還把胸口漂白成V字形，搞強烈對比。最受不了的是，牠的鼻子居然像狗鼻子，真是熊不像熊！」

黑熊正在打瞌睡，只見牠睡眼惺忪地起來大吼：「誰說的？我們的毛髮顏色最樸素大方，哪像孔雀那樣五顏六色，讓人看得眼花撩亂。那一天，犀牛只顧

著看牠，突然『砰』一聲，竟然去撞到大樹！哈……哈……哈……」

孔雀正要上臺，森林廣場已經七嘴八舌地喧鬧起來，大家都為自己拚命辯護。

鱷魚大聲說：「你們都只注重外表有什麼用？像我這樣橫行沼澤地帶，在那麼惡劣的環境下生存，你們辦得到嗎？而且，人類還研究出，我的血可以對抗他們害怕的愛滋病毒呢……」

沒等鱷魚說完，烏龜就插嘴說：「像我這麼長壽，連人類都要學我的龜息大法，你們一定做不到。」

公雞咯咯地說：「我每天都會叫大家起床，誰能跟我比？」

鸚鵡忍不住嗆聲：「那沒什麼了不起，我會學人類說話，你們會嗎？有一次小偷潛入我寄住的人類家，聽到一聲『你擱來囉！』他就趕快跑掉了。他一定以爲主人在家，其實那是我說的。」

看到動物們不是只顧批評別人，就是誇讚自己有多麼好，魔法阿嬤心裡很難過。她說：「看不見自己的缺點，對朋友的缺點卻指指點點，就是一種很大的缺陷。瞭解自己的優點、往好處想是對的；但是，若因此自大、自滿，就不容易進步，而且會招來敵人。你們既然不想變得更好，我就不用多費力氣了。大家各自回去吧！」

動物們走在回家的路上，仍然議論紛紛。憨厚的水牛對魔法阿嬤的話很納悶，就問騎在牠背上的烏鶖說：「你知道自己的缺點嗎？」

烏鶖想一想，回答說：「我大概也是和大家一樣，都愛批評，卻很少讚美。」

水牛很有同感，就跟烏鶖打勾勾：「我們一起改掉自己的缺點，多讚美朋友吧！」

【給小朋友的貼心話】

小朋友，你知道自己的優點及缺點嗎？你如何發揮自己的優點、改正自己的缺點呢？

能夠欣賞別人的優點、包容別人的缺點，也是很重要的一件事喔！

草原上的真正勇士

◎緣生

青青草原上聚集了許多動物，有蜻蜓和鳥兒在天空自由自在地飛翔；有水牛和山羊在草地上吃草；有長頸鹿和斑馬在追逐；彼此互不侵擾，和樂融融。

有一隻白鷺鷥飛呀飛呀，覺得有點累了，就停在水牛背上休息。

平時，白鷺鷥都會用腳幫水牛抓抓癢；但今天不知是特別疲倦還是被太陽曬昏了，抓癢的力道越來越小，水牛反而覺得越來越癢。最後，水牛終於癢得受不了，開始到處亂竄，一不小心撞到了長頸鹿的膝蓋。

「對不起！」水牛感到很抱歉。

「喂！草原這麼大，爲什麼跑來撞我？」長頸鹿被撞得哇哇叫。雖然水牛已經道歉，又很隆重地向他三鞠躬，但他還是怒氣難消；盛怒之下，就用腳去踢水牛的肚子。

水牛繼續向他道歉，長頸鹿卻還是不肯原諒他，仍然不停地用長腳踢他。

水牛心裡想：「我不能生氣。如果我反擊，用牛角用力一撞，長頸鹿那麼瘦弱，一定會受傷的；而且，他會生氣，也是因爲我先撞到他才引起的，所以我決不能為了這點小事，就和長頸鹿打起來。」

山羊看到了這狀況，就到處嚷嚷：「大家快來看呀！沒有用的水牛，長這麼壯，不但被長頸鹿欺負，還向他道歉呢！哈……哈，原

來水牛是個膽小鬼！」

水牛不但沒有理會長頸鹿的挑釁，也沒有理睬山羊的冷嘲熱諷，低著頭就默默地走開了。

這時，野狼一看到水牛離開，就立刻衝出來追逐山羊，想要來頓「全羊大餐」。長頸鹿一看到野狼，嚇得拔腿就跑；跑得慢的山羊，也拚命地逃跑，並大聲呼喊：「救命呀！狼來了！救救我呀！」

「別怕！我來救妳。」水牛聽到山羊的呼救，飛也似地跑過來，用他的尖角朝著野狼的腹部頂去；野狼靈敏地閃躲了水牛的攻擊，落荒而逃。

長頸鹿躲在遠處，見野狼走遠了，才敢現身。他帶著愧疚的神情對水牛說：「謝謝你，我眞是太小心眼了，請你原諒我。」

驚魂未定的山羊又感激又不好意思地說：「我誤會你了，你才是我們草原上眞正的勇士。」

水牛靦腆地笑了！

【給小朋友的貼心話】

小朋友，如果你受到同學的冷嘲熱諷，你會如何反應？

當你遇到他人的無心之過時，學習原諒別人吧！

咪咪的故事

◎KIWI

是咪咪讓苗先生和苗太太走進了貓的世界。

十年前，苗先生和苗太太手牽手在住家附近的公園散步時，意外地發現了她，一隻灰灰瘦瘦小小的金吉拉貓蜷縮在角落。

「奇怪！這不是寵物店的熱門貓種嗎？怎麼在這兒流浪？」苗太太驚訝地問：「看來她皮膚病很嚴重耶！」苗先生二話不說，趕忙帶她去看獸醫。

苗先生原本想等咪咪痊癒後，問問看周遭朋友有沒有人想要飼養；但是，大家都以咪咪是成貓爲由而婉拒。

咪咪的皮膚病前前後後治療了近八個月才痊癒。健康的白色長毛，閃閃發亮；加上咪咪的優雅姿態，苗先生這才發覺，原來咪咪是這麼美麗的貓呢！

她時常在不該出現的地方出現。例如：當苗太太在打電腦時，她突然走過鍵盤敲出一些奇怪的字，或者躺在滑鼠的上方，害苗太太點選不到要的位置；當苗先生在看報紙時，她瞇著眼躺在報紙的那則新聞上，還不時擺動她那飄逸的長尾，一副舒服的樣子，讓人又好氣又好笑。

但她也有溫柔細心的一面。每次苗先生和苗太太回家一打開家門時，咪咪就守在門內，睜著大眼溫柔地喵喵叫，一路跟隨著他們的腳步進門，柔軟的長毛不時地在腳邊磨蹭。她對皮皮和魯魯，更如大姊姊般地疼愛。

皮皮和魯魯是一對貓兄弟，應該是生下來沒多久就在外面流浪了吧？他們與苗先生相遇在一個寒冷的冬夜裡。求生欲望堅強的他們，不斷地穿梭在公寓的格子樓裡找人收留；有一家不喜歡貓的住戶，甚至還放狗出來追咬這對可憐的小東西。但他們沒有放棄，終於找到了苗先生家。他們聞到了這家有貓味，認定那扇門裡沒有狗，便放聲淒涼地叫著，直到苗先生將門打開……

有了養咪咪的經驗，苗先生又收留了這可憐的兩兄弟。就這樣，咪咪當起了皮皮和魯魯的大姊。

她會不時地舔著這兩隻小傢伙的毛，彷彿在撫慰著他們在外流浪的傷痛。貪玩的皮皮時常故意咬咪咪的尾巴，咪咪

只是閃躲而不生氣；吃魚的時候，好吃的魯魯總是爭先恐後，但咪咪也只是靜靜地在旁邊讓著他。

美麗又善良的咪咪，就這麼陪著苗先生一家人快樂地度過了九年的光陰。

一年多前，咪咪生病了。一邊腎腫大，一邊腎萎縮，身子越來越瘦；原本圓滾滾重八公斤的咪咪，現在只剩下三公斤不到。苗先生和苗太太帶她跑遍了各大動物醫院看病，但咪咪還是因腎衰竭而到了生命末期。

魯魯嗅出了咪咪的身體大不如前，便時常守在咪咪身邊並不時地幫咪咪舔毛清潔；皮皮則是一天到晚黏著咪咪，對著咪咪喵喵叫。

有一天晚上，皮皮又在對著咪咪撒嬌了，魯魯趕緊對皮皮眨眨眼，對著他的耳朵輕輕叫著，好像在說：「小聲點兒，別再吵姊姊了，她不舒服……」皮皮似乎聽懂了魯魯的貓語，馬上安靜下來，深情地望著姊姊。

在一旁的苗先生和苗太太看到這幕情景，不捨地哭了；知道自己將跟苗家人及小兄弟們分離的咪咪，也在這時留下了眼淚。當天晚上，咪咪走了。

一縷輕煙，從動物火葬場的煙囪頂端飄出；苗先生和苗太太含淚合掌，爲咪咪送別及祈福，他們知道，和咪咪相伴的這十年，會是他們生命裡最美麗又難忘的快樂時光。

皮皮和魯魯依偎在苗家人身畔，對著天空不斷地喵喵叫著，彷彿在呼喊著他們飄向天堂的姊姊……

【給小朋友的貼心話】

小朋友，你怎麼對待路上的流浪貓和流浪狗呢？有沒有想過我們可以怎麼幫助他們呢？

你和你的兄弟姊妹有沒有相親相愛呢？如果你沒有兄弟姊妹，是否願意和同學或朋友一起分享生活的點點滴滴？

咚咚上當了？

◎賴志銘

一個晴朗的好天氣，溫暖的陽光熱情地跟大家打招呼。剛上國小三年級的咚咚跟爸媽說拜拜之後，開心地要和同學一起去逛街。

走著走著，他看到一個老婆婆在路邊賣口香糖跟玉蘭花。駝背的身影，眼神無精打采，孤單地站在街角，沒什麼行人向她買東西。

「老婆婆看起來好可憐喔！」咚咚看了很不忍心。他摸了摸口袋，嗯，還有爸媽給的一百元零用錢。

「老婆婆！跟您買一條口香糖！」老婆婆那乾枯的手拿了一條薄荷口香糖及找的零錢給咚咚，瞇瞇的雙眼看著他，滿是皺紋的臉上綻開了笑容：「謝謝你啊！小朋友，祝你考試都得一百分喔！」

看到老婆婆的笑容，咚咚也跟著傻笑起來：「謝謝您啦！老婆婆再見！」

迎著燦爛的陽光，咚咚開心地嚼著清涼又香甜的口香糖，到相約的地點跟同班同學叮叮會合。

「叮叮！你要不要吃口香糖？」給了叮叮一片口香糖後，咚咚便告訴了他關於老婆婆的事情，並一直說老婆婆好可憐喔！

「你這個笨蛋，你上當了啦！」聰明的叮叮對咚咚說：「我聽人家說，那個老太婆其實很有錢，還有人看到一台賓士車來載她喔！一點都不像你說得那麼可憐！」

「真的嗎？那我就放心了！」咚咚開心地說：「幸好老婆婆不是真的過得那麼苦、那麼可憐。我花一點點錢就能讓老人家過得好，還有香甜的口香糖吃，眞是太棒了！」

看到咚咚這個樣子，叮叮嘆了口氣：「眞不知該說你單純還是笨，被騙了還這麼高興！」

「好啦！別管這麼多了，我們一起去逛街吧！」咚咚依舊開心地向前走，陽光也歡喜地在他眼前跳舞。

【給小朋友的貼心話】

小朋友，你覺得咚咚是善良還是愚笨呢？你的理由是？

我們可以因為「聽人家說」，就懷疑別人嗎？

如果你覺得我們應該去幫助真正需要幫助的人，那我們可以怎麼做呢？

恬恬跟草莓姊姊

◎賴志銘

兒童節那天，四歲的恬恬跟著媽媽到國父紀念館參加一個親子活動。

到了現場，哇！好多漂亮的氣球喔！還有好大的凱蒂貓、酷企鵝跟大家一起玩耶！

完成登記，活動準時開始。「小朋友！大家過來草莓姊姊這邊！」笑容甜美的大姊姊對參加活動的二十幾位小朋友大喊，準備一起做熱身操；「各位家長請隨著番薯哥哥先到旁邊活動或休息。謝謝！」

「恬恬，妳跟著大家一起做熱身操，媽媽先去買妳愛吃的冰淇淋，好不好？」

「嗯！謝謝媽媽！」聽到有好吃的冰淇淋，恬恬好開心！

「一、二、三、四！舉手，彎腰！小朋友好棒喔！」台上的草莓姊姊熱情有勁地帶操，台下的小朋友則笨拙而可愛地跟著揮手抬腳。

熱鬧的音樂聲停止。「小朋友，現在跟著草莓姊姊一起到旁邊玩遊戲，各位家長請跟著小朋友一起過來！」只見小朋友興高采烈地跟著家長一起移動到另一邊，準備分組玩遊戲。

不過，草莓姊姊沒注意到，有一個小女孩仍留在原地，沒跟著大家一起走。

原來，恬恬還留在原地，等媽媽帶她喜歡的冰淇淋回來。

「哇嗚……媽媽……媽媽！」一看到四周忽然都沒人了，恬恬害怕地大哭起來。

哭了好一會兒，才看到草莓姊姊慌張地跑過來。因爲在分組的時候少了一組，工作人員四處尋找，草莓姊姊才看到有位小女孩正在剛才的場地哭著呢！

「小朋友！是草莓姊姊不好，我沒注意到妳一個人留在這裡。眞是對不起……」草莓姊姊將恬恬帶到遊戲地點，但恬恬還是哭個不停，草莓姊姊也覺得自責及難過。

「恬恬！媽媽回來了……妳怎麼了？」這時，媽媽終於拿著冰淇淋回來。看到恬恬哭得傷心，一問之下，

知道了原因。

「來！恬恬，吃冰淇淋！」舔著冰淇淋的恬恬不再大哭，只是輕輕地啜泣，臉上的淚痕教人心疼。

媽媽知道，中途離開的自己也有錯，不能將責任都怪在大姊姊身上；而且，自責的大姊姊也已經難過得紅了眼睛。

「恬恬乖！已經沒事了啦！」媽媽對恬恬說：「妳看，那位找妳回來的大姊姊，她因爲將妳一個人留在那裡，感到非常害怕跟難過喔！妳要不要過去親親她，安慰她一下？」

「嗯！」只見恬恬拿著冰淇淋向草莓姊姊走過去，草莓姊姊蹲下身來看著她。恬恬說：「草莓姊姊，不要害怕，已經沒事了！」說完，還沾著冰淇淋的嘴唇便親上了大姊姊的臉頰。

「小妹妹，謝謝妳……」大姊姊擁抱著恬恬，又流下了放心的眼淚。

【給小朋友的貼心話】

小朋友，當有人不小心忘了你或傷害了你，你會怎麼樣呢？

或許，那個人也非常難過與自責，你能不能原諒他呢？

小淵的早餐費

◎賴志銘

星期六早上，陽光溫暖地輕輕喚醒大地的生靈。

「早安！鍾太太，好久不見囉！要些什麼？」早餐店的老板娘親切地向住在附近的鄰居鍾太太打招呼。

「早啊！我要買一個總匯三明治、兩個蛋餅、三個熱豆漿。」鍾太太也開朗地回答。

「對了，妳們家小淵好久沒來我們店裡買早餐了耶！妳開始自己做早餐了喔？」老板娘一邊塗美乃滋一邊問道。

「咦？不會吧？我每天都有給他錢買早餐啊？」鍾太太奇怪地說。平時，她跟先生比較晚起，就給念小學的兒子小淵錢，讓他自己到早餐店解決。

「這小子，竟然沒有買早餐？不會去玩電動吧？」鍾太太想，回到家一定要好好問問他！

「媽！我要吃蛋餅！」小淵從回到家的媽媽手中接過袋子，拿出了自己最喜歡吃的蛋餅。

「小淵，你每天上學都有買早餐嗎？」媽媽迫不及待地追問。

「有啊……」聽到媽媽這麼問，小淵的口氣有點吞吞吐吐。

「可是，今天早上老板娘告訴我，你已經很久沒有去買早餐囉！」

「啊？我……」有人做證，小淵更加說不出話來了。

「小孩子要誠實喔！坦白從寬！」

「好啦！妳不要生氣嘛！」媽媽的語氣越來越嚴厲，小淵只好老實地跟媽媽坦白眞相——

半年前的一個下午，在公園裡玩了好一會兒直排輪的小淵，在公園的椅子上坐下來休息。他擦了擦汗，拿出當成點心的波蘿麵包；才咬了一口，就看到對面有兩個小孩正目不轉睛地盯著他手上的波蘿麵包。

「嗨！你們是不是肚子餓了？我請你們吃麵包好嗎？」小淵對那個身上的T恤和短褲看起來已經好久沒洗的小男孩說。小淵已經四年級了，相較之下，那個又瘦又小的小男孩大概只有幼稚園大班，他推著的嬰兒車裡坐著個更小的男生，應該只有一、兩歲而已。

小淵將剛咬了一口的麵包撕下他咬過的一小塊，大方地將剩下的一大塊向兩人伸去。小男孩看起來有些害怕，卻還是一步步地走近小淵。

「謝謝……」小男孩接過麵包，先讓嬰兒車裡的小孩咬一口，然後再送進自己嘴裡。

「慢慢吃，這裡還有牛奶喔！」小淵問了兩個人的名字，知道了小男孩叫李自立、更小的叫自強。「小立，你爸爸媽媽呢？」「爸媽不見了……」「那你們吃飯怎麼辦？」「媽媽有給我兩百元，我買麵包分弟弟吃。後來錢花完了，我就帶弟弟出來撿東西吃。」

聽了小男孩的話，小淵有些明白了。

看他們吃完了麵包，小淵說：「你們家在哪裡？我帶你們回家。」

小立便帶著弟弟跟小淵，走向離公園不遠的一個四合院。進了院子，到一個小房間前，小立說：「這就是我家。」

「小立乖，」小淵蹲下來對小立說：「小立，以後不要再帶弟弟出來撿東西吃了，以後我每天下午請你們吃麵包！」

小立只是看著小淵，好像聽不懂他說些什麼。「要記得喔！明天我會來找你們。拜拜！」小淵對著小立、小強揮手道別。

「大哥哥，拜拜……」小立無力似地揮著手。

第二天，小淵沒有拿媽媽給他的三十元去買早餐。他暗自決定：「反正中午就有營養午餐可以吃，我少吃早餐也不會怎樣。還是拿這些錢買麵包給小立他們吃吧！」

不過，到了第二節下課，肚子就不爭氣地咕咕叫，剛好被他的死黨小偉和小成聽到。

「哈哈！你的肚子在叫囉！貪吃鬼，這麼快就肚子餓了！」

「才不是哩！」小淵不服氣，就將他把早餐錢省下來要買麵包給兩個小朋友吃的事告訴死黨。

「拜託！只有三十元怎麼夠？我也參一腳，將早餐錢給你買麵包！」小偉瞪著小淵說。「我也要參一腳！」小成當然也要參加囉！

於是，死黨三人組便決定省下自己的早餐錢跟零用錢，拿來買麵包跟牛奶給那對小兄弟吃。

下午放學後，他們買了四個麵包跟一瓶牛奶，便跑到小立的家。到那兒的時候，小立兄弟正坐在院子門口。小淵喊著：「小立，我來囉！」

「大哥哥！」看到對他們親切的大哥哥，小立高興地叫了一聲。

「這兩個是我的同學。我們幫你們買了麵包跟牛奶喔！快來吃吧！」

小立歡喜地拿了一個奶酥麵包，先餵小強吃。

小偉看到了，便對小立說：「你吃吧！我幫你餵。」他又拿了個麵包給小立，然後一小口一小口地餵小強吃奶酥麵包，還餵他喝牛奶。

「那我來幫這個小朋友洗澡！」在一旁的小成，看到小強的手腳大概是太久沒洗了，滿是污垢，就拿了自己裝開水的保特瓶，到小立家裝了一些自來水，幫小強洗洗手腳。

小立、小強兄弟原本無精打采的臉龐，就在麵包牛奶的香甜、以及三個大哥哥的關懷下，綻開了滿足的笑容。

之後的每天下午，三個小男生都會去看這對小兄弟，爲他們帶來好吃的麵包、飲料，偶爾也幫小強洗洗澡。就這麼過了十幾天……

「可是，我們昨天去的時候，他們卻不見了！」小淵說，鄰居的一位歐巴桑告訴他們，已經有別的大人將他們帶回去好好照顧了。

「我們雖然覺得有些捨不得，但是，很高興他們終於有人照顧、可以過好日子了……」小淵告訴媽媽。

「小淵，你做得太好了！」聽小淵說完這段經過，媽媽感動得將他緊緊地抱在懷裡：「我還以爲你拿早餐錢去玩電動了呢！是我錯怪你了，想不到我家的小淵這麼懂事！」

「媽……妳抱太緊了，我喘不過氣了……」小淵難受又開心地說。

【給小朋友的貼心話】

小朋友，當你知道有其他小朋友過著沒有東西吃的生活時，你會怎麼幫助他們呢？

你知道嗎？世界上有很多小朋友常常餓著肚子喔！不用煩惱三餐的你，是不是該珍惜每一口食物呢？

最後的夏天

◎賴志銘

「老師！林志伶要不要跟我們一起去畢業旅行？」星期一早上班會時，班長琦憶詢問老師。

林志伶是六年六班的學生，是個清秀乖巧、笑容可愛的小女孩。半年前發現牙齦一直出血，而且常常會頭暈、發燒；經過種種檢查，才發現是患了白血病。她因此住院治療，已經很久沒來上課了。因爲下星期就要畢業旅行了，所以要統計參加人數的琦憶才會問老師這個問題。

「嗯，我上星期有打電話問過志伶的爸媽，她們說要看志伶的身體狀況以及醫生的意見再說。」班導師邊擦著汗，邊對全班同學說。今年夏天滿熱的。

志伶在班上很得人緣。因為她總是笑臉迎人，所以不論男生或女生都很喜歡她。住院後，為了讓她多休息，班上同學除了派代表去看過一兩次之外，都是導師帶著大家的問候去探望她。

「我也問過志伶，她自己非常想跟我們一起去；不過，因為身體狀況時好時壞，所以她也不知道能不能去成。還有一件事……」導師不知道該怎麼接著說下去，班上三十幾對眼睛好奇地看著他。

「我有個問題想問大家，」老師忽然轉變話題：「大家想想看：如果有一天，你的頭髮都不見了，你會覺得怎麼樣？」

「我才不要呢！」有著一頭烏黑秀髮的小雲喊了出來：「那樣會變得很醜吧？」

「對啊！」坐在旁邊的小嫻說：「我每次看見路上有些禿頭的男生，覺得他們好難看喔！我以後一定不要交這樣的男朋友！」

小嫻的話惹得全班同學大笑。

喜歡看功夫片的阿滿說：「如果是光頭，那就像少林寺的和尚嘛！滿帥氣的啊！但是，如果我理個大光頭，一定會被爸媽罵死。」

大家你一言我一語地各說各話；總之，大家都怕自己變「光頭」！

「好，大家安靜。」老師請大家停止討論。「我告訴你們吧。志伶因爲進行化學治療的副作用，頭髮不斷脫落。我上次去看志伶的時候，她的頭髮已經快掉光了。」

那天，他看到頭髮零落的志伶時，一時間不知道該說些什麼；反而是志伶先笑著對他說：「老師，你看，我才十幾歲就已經開始禿頭了啦！反正是夏天，我還是去將頭髮剃光好了，比較涼快！」

「雖然她裝得很開朗，不過我看得出來，她自己對這樣的外表很不能接受，大概也不想讓同學們看到吧！這可能也會讓她不敢跟我們一起旅行。」老師沉重地說。

聽了老師的話，孩子們的表情變得嚴肅起來，有些女生的眼眶泛出了淚水……

第二天早上，大家跟往常一樣，三三兩兩地來到學校。忽然間，一個醒目的大光頭走進了教室。「哇！小顏，你瘋了啊？怎麼理光頭！」「沒什麼啊，覺得天氣熱，理個光頭比較涼快嘛！」小顏帥氣地說。

瘦瘦高高、平時好打抱不平的小顏，總是一頭亂髮，看起來滿有個性的；今天卻有驚人的改變，頭上只剩有著一點一點髮根的乾淨頭皮。

就在大家議論紛紛的時候，戴著毛線帽的小萍悄悄地從後門走進來。「小萍！天氣這麼熱，妳還戴著毛線帽喔！不會是學那些嘻哈歌手吧？」看到小萍新造型的小晨驚訝地大聲喊。

小萍是志伶滿要好的姊妹淘，總會一起吃飯、一起去洗手間。一向乖乖牌的她，平常的標準裝扮是兩條辮子，今天居然會打扮成流行的嘻哈風！

小萍害羞地拿下毛線帽，原本可愛的辮子不見了——天啊！竟然跟小顏一樣的造型？

原本鬧哄哄的教室一下子安靜了下來，看著他們兩個人，再想到昨天老師說的話，所有的同學都想到是怎麼一回事了。

當班導師走進教室時，看到顯眼的兩個光頭，先是大吃一驚；再看到孩子們的表情，他也明白了。

星期三，全班同學像是約好似的，全都理了光頭，女生也不例外；每個經過六年六班的老師跟學生，都好奇地指指點點。

原本就留著小平頭的班導師，「髮型」也變成跟大家一樣。前一天晚上，導師的手機一直響，接到了不少家長的詢問電話，老師也耐心地一一回答。

看著大家整齊的「髮型」，老師的心情有些激動。「你們大家眞是好孩子！」他心裡這麼想著。

壓抑著心裡的激動，他決定讓志伶親自感受。他對大家說：「我有個提議，我們今天放學後一起去看志伶，邀請她參加畢業旅行。你們覺得好嗎？贊成的舉手！」

三十幾隻手一下子舉了起來。

放學後，全班同學一起到了醫院，一路上自然不免引人側目。大家先在病房外等候，由老師帶著小萍跟小顏進去。

到醫院之前，老師已經通知了志伶跟她的爸媽以及院方。當他們踏進病房時，志伶正坐在病床上等他們。她頭上綁著點綴小碎花的淡藍頭巾，臉色有些蒼白，心情看起來倒是不錯。

「咦？小顏、老師，你們的頭髮？」看到老師和小顏的光頭，志伶大吃一驚。

「還有我呢！」小萍也脫下了她的毛線帽。

「你們……」志伶不知該說些什麼。「現在就感動還太早啦！妳到外面看看。」小萍笑著對志伶說。她過去扶著志伶下床，慢慢地走到病房外。

志伶到走廊一看，在她眼前的是全班同學整齊劃一的光頭及笑容。

「大家……爲了我……」看到大家的笑容，她解下了頭巾，也流下了淚水。

「妳這樣好可愛喔！就像『少林足球』裡的女主角呢！」小雲對志伶說。

「我們全班的髮型都一樣耶，眞是超——麻吉的！所以呢，畢業旅行當然要全班一起去，志伶也要去喔！」小嫻誇張的語氣，讓大家用力忍住笑，卻不忘對她最後一句話點頭稱是。

「嗯，我一定會跟大家一起去……」志伶紅著眼，微笑地對大家說。

「那麼，我們一起照個相，爲我們全班到齊先留個紀念吧！」帶著數位相機的老師對大家說。

一群人便移動到交誼廳，請護士小姐爲他們捕捉住這一刻。

可惜，到了旅行當天，因爲志伶的體力還是很虛弱，所以還是沒能跟大家一起去；只能請老師轉告大家，希望同學們連她的份一起玩個夠。

在那個夏天快結束的時候，志伶從這個世界「畢業」了。永遠閤上雙眼的那一刻，她手上拿著全班的合照，說了最後一句話：「能認識你們，眞好……」

雖然志伶沒讀完六年級，但是，在畢業紀念冊上，還是有她的名字及照片；在往後的同學會通訊錄裡，仍有著她的名字。她，永遠活在同學們心裡。

【給小朋友的貼心話】

小朋友，當你的家人或同學生病時，你會怎麼安慰他呢？你知道嗎？對於已經不在這個世界上的親人，只要你記得他，他就會一直活在你心裡喔！

國家圖書館出版品預行編目資料

小熊森林 /米琪等編撰.—初版.—臺北市
：慈濟傳播文化志業基金會,2006〔民95〕
面； 公分
ISBN 986-81287-2-2（平裝）
1.童話　2.親職教育
815.9　　　94024970

故事HOME①

小熊森林

創辦者	釋證嚴
發行者	王端正
編撰者	米琪等
出版者	慈濟傳播人文志業基金會
	11259台北市北投區立德路2號
客服電話	02-28989898
傳真專線	02-28989993
郵政劃撥	19924552　經典雜誌
責任編輯	賴志銘、高琦懿
美術設計	alumi
印製者	禹利電子分色有限公司
經銷商	聯合發行股份有限公司
	台北縣新店市寶橋路235巷6弄6號2樓
電話	02-29178022
傳真	02-29156275
出版日	2006年1月初版1刷
	2011年10月初版15刷
建議售價	200元